꼬마 니콜라

Le petit Nicolas

illustration by Jean-Jacques Sempé

Text by René Goscinny

장 자크 상페 그림 르네 고시니 글

꼬마 니콜라

문학동네

차례

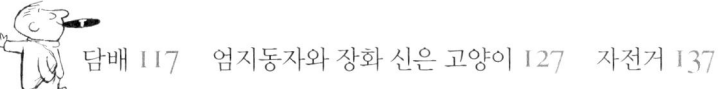

소중히 간직할 추억

오늘 아침, 우리는 모두 생글거리는 얼굴로 학교에 갔다. 선생님 말씀처럼, 우리가 평생 소중히 간직할 추억으로 남을 학급사진을 찍기로 한 날이기 때문이다. 선생님은 우리에게 옷을 단정하게 입고 머리도 잘 빗고 오라고 했다.

나는 머리에 포마드 기름을 반짝반짝 윤이 나도록 바르고 운동장으로 들어섰다. 반 친구들은 벌써 와 있었고, 선생님은 엉뚱하게 화성인 복장을 하고 온 조프루아를 꾸짖고 있었다. 조프루아의 아빠는 굉장한 부자라서 그애가 갖고 싶어하면 무슨 장난감이든 다 사준다. 조프루아는 꼭 화성인 옷을 입고 사진을 찍어야겠다고, 그럴 수 없다면

집으로 가버리겠다고 떼를 쓰고 있었다.

사진사 아저씨도 사진기를 가지고 와 있었다. 선생님은 어서 찍어야지, 안 그러면 산수 수업을 못 하게 된다고 아저씨를 재촉했다. 우리 반 일등, 선생님의 귀염둥이 아냥은 자기는 산수를 좋아하고 무슨 문제든 못 푸는 문제가 없기 때문에 산수 수업을 못 하게 되는 건 정말 억울하다고 투덜거렸다. 제일 힘센 친구 외드가 아냥의 코에 한 방 먹이려고 했다. 하지만 아냥은 안경을 껴서 때리고 싶어도 때릴 수가 없다. 선생님은 우리가 지긋지긋하다면서, 계속 떠들면 사진이고 뭐고 다 그만두고 교실로 들어가겠다고 소리지르기 시작했다. 사진사 아저씨가 입을 열었다.

"자, 자, 진정하세요. 마음을 좀 가라앉히자구요. 어떻게 얘기해야 아이들한테 통하는지는 제가 알고 있어요. 다 잘될 겁니다."

사진사 아저씨는 우리를 세 줄로 세우기로 마음을 정한 것 같았다. 첫째 줄은 땅바닥에 앉고, 둘째 줄은 의자에 앉은 선생님 양편으로 서고, 셋째 줄은 상자를 놓고 그 위에 올라서고. 사진사 아저씨 생각은 그런 대로 괜찮은 것 같았다.

우리는 상자를 가져오려고 학교 지하창고로 갔다. 빛도 제대로 들지 않는 곳이었다. 하지만 어두컴컴한 창고 안은 정말 재미있었다. 뤼퓌스가 낡은 포대자루를 뒤집어쓰고 소리쳤다.

"우! 나는 유령이다."

그런데 선생님도 창고 안에 와 있었다. 우리는 선생님 기분이 별로 좋은 상태가 아니란 걸 눈치 채고, 재빨리 상자를 들고 창고에서 나왔다. 눈치없는 한 명만 계속 남아 있었다. 뤼퓌스 말이다. 뤼퓌스는 자루를 뒤집어쓴 채, 무슨 일이 벌어졌는지도 모르고 계속 이상한 소리를 질러댔다.

"우! 나는 유령이다."

선생님이 뤼퓌스의 포대자루를 확 벗겨버렸다. 뤼퓌스는 너무 놀라 넋 나간 유령 얼굴이 되어버렸다.

선생님은 운동장으로 돌아와서야 잡고 있던 뤼퓌스의 귀를 놓아주었다. 선생님은 이마를 치면서 말했다.

"뭐니, 너희들 완전히 새까매졌잖아!"

정말 그랬다. 지하창고에서 장난치다가 검댕이 조금 묻었던 모양이다. 기분이 안 좋은 얼굴을 하고 있는 선생님한테 사진사 아저씨는 괜찮다고, 촬영을 위해 의자와 상자들을 배열하는 동안 시간이 있으니까 그때 씻으면 된다고 말했다. 아냥말고 얼굴이 깨끗한 친구가 또하나 있었다. 바로 조프루아였다. 어항같이 생긴 화성인 헬멧을 쓰고 있던 덕분이었다.

"그것 봐요, 선생님. 모두 저처럼 입고 왔으면 이런 일은 없었을 거라구요."

조프루아가 우쭐거리며 말했다.

선생님은 얼마나 조프루아의 귀를 잡아당기고 싶었을까. 난 그 마음 충분히 이해한다. 하지만 불행하게도 잡을 데가 없었다. 화성인 옷, 그건 위아래가 꽉꽉 막힌 기막힌 우주복이니까!

우리는 세수하고 머리를 빗고 제자리로 돌아왔다. 우리 얼굴이 살짝 젖어 있긴 했지만, 사진사 아저씨는 사진에는 안 나오니까 상관없다고 했다.

"애들아, 너희들 선생님을 즐겁게 해드리고 싶지 않니?"

사진사 아저씨가 말했다. 우리는 그렇다고 대답했다. 우리는 선생님을 아주 좋아하고, 또 우리가 화나게만 하지 않으면 굉장히 상냥한 분이니까 말이다.

"이제 사진 찍게 어서 너희들 자리로 가서 얌전히 서봐라. 제일 큰 녀석들은 뒤에 놓인 상자에 올라서고, 중간 녀석들은 그냥 서고, 작은 녀석들은 바닥에 앉아."

사진사 아저씨가 말했다.

우리는 아저씨가 시키는 대로 했다. 아저씨는 선생님한테 우리들이 고분고분 말만 잘 들어주면 제대로 된 사진을 찍을 수 있다고 설명하고 있었다. 하지만 선생님은 아저씨 말을 끝까지 듣고 있을 수 없었다. 서로 상자 위에 올라가겠다고 투닥거리는 우리를 떼어놓아야 했기 때문이다.

"우리 반에서 내가 제일 크단 말이야!"

외드가 상자 위로 올라오려는 애들을 밀어내고 있었다.

외드는 고집퉁이 조프루아에게 질세라, 그애의 어항 같은 헬멧에 대고 주먹을 한 방 날렸다. 하지만 외드 손만 얼얼했을 뿐이다. 몇 차례 주먹이 오간 후에야 조프루아의 헬멧을 벗겨낼 수 있었다.

이렇게 계속 말썽을 피우면 당장 산수 수업을 하겠다는 선생님의 마지막 경고에, 우리는 조용히 하자고 쉬쉬거리며 제자리를 찾아가기 시작했다.

그 사이, 사진사 아저씨 곁을 노리고 있던 조프루아가 아저씨에게 가까이 가서 물었다.

"이거 아저씨 거예요?"

아저씨가 웃으며 대답했다.

"귀여운 녀석, 이건 작은 새가 나오는 상자란다."

"아저씨 건 고물짜예요. 우리 아빠가 저한테 사준 건요, 렌즈 후드에다 짧은 초점거리 렌즈, 망원 렌즈도 있어요. 아주 안정감 있고, 게다가 필터는……."

흠칫 놀란 아저씨의 얼굴에서 미소가 싹 걷혔다. 아저씨는 조프루아에게 제자리로 돌아가라고 했다.

"아저씨 카메라 말예요, 그래도 광전관 정도는 달려 있겠죠?"

조프루아는 끝까지 물고 늘어졌다.

"마지막으로 말하는 거야, 네 자리로 돌아가!"

아저씨는 목청껏 소리를 질렀다. 머리끝까지 화가 난 것 같았다.

다들 제자리를 찾아갔다. 내 자리는 맨 앞줄, 알세스트 옆이었다. 알세스트는 먹을 것을 입에 달고 사는 뚱뚱한 친구다. 잼 바른 빵을 우물거리고 있는 알세스트한테 아저씨가 이제 그만 먹으라고 말했지만, 알세스트는 자기는 잘 먹어둬야 한다고 했다.

"어서 빵 치워!"

알세스트 바로 뒤에 앉아 있던 선생님이 보다 못해 소리쳤다. 그 소리에 깜짝 놀란 알세스트는 들고 있던 빵을 떨어뜨리고 말았다.

"어떡해, 옷에 다 묻어버렸어."

알세스트는 옷에 묻은 잼을 닦아내려고 낑낑거렸다.

선생님은 이제 딱 한 가지만 하면 된다고 했다. 그건 바로 알세스트의 셔츠에 묻은 잼 자국이 보이지 않도록 그애를 맨 뒷줄에 세우는 것이었다.

"외드, 친구랑 자리 좀 바꿔주렴."

선생님이 말했다.

"쟤는 내 친구 아니에요. 못 바꿔줘요. 그냥 등 돌리고 서 있으면 되잖아요. 그러면 잼 얼룩도 안 보이고, 뚱뚱한 몸집도 안 보이고 좋잖아요."

외드가 대답했다. 엄청 화가 난 선생님은, '나는 옷에 잼을 묻힌 친구를 위해 자리를 양보하겠습니다'라는 문장을 동사변화 해오라는 숙제를 내주었다.* 외드는 아무 말도 하지 않고 상자에서 내려와 맨 앞줄로 왔고, 대신 알세스트가 맨 뒷줄로 갔다. 그러느라고 줄이 조금 흐트러졌다. 자리를 바꾸면서 알세스트와 마주친 외드가 그애 코에 한 방 먹이면서 잠깐 소동이 있었던 거다. 알세스트는 외드에게 이단 옆차기를 날리려고 했지만, 날쌘 외드는 용케 피했고, 대신 아냥이 얻어맞았다. 다행히도 아냥은 안경을 벗고 있었다. 그런데도 아냥은 맞아서 눈이 안 보인다고 울부짖었다. 아무도 자기를 좋아하지 않으니 콱 죽어버리고 싶다고도 했다. 선생님은 아냥을 살살 달래가며, 코도

---

* 불어의 동사는 크게 3개 군으로 나누어지며, 6개 인칭에 대해 8개의 시제와 4개의 법에 따라 각각 다른 어미 변화를 한다. (옮긴이)

풀어주고 머리도 다시 빗겨주었다. 대신 알세스트에게는 벌을 내렸다. '나는 나에게 싸움을 걸지 않는 안경 낀 친구를 절대로 때리지 않겠습니다'를 백 번 써오는 것이었다.

"쌤통!"

아냥이 혀를 낼름거리며 말했다. 그러자 선생님은 아냥에게도 비슷한 숙제를 내주었다. 아냥은 많이 놀랐는지, 아까처럼 울지도 못하고 가만히 있었다. 이상하게도 선생님은 우리 모두에게도 같은 숙제를 내주었다. 그리고 마지막으로 우리에게 말했다.

"이 정도면 얌전히 굴어야겠다는 생각이 들겠지. 말 잘 듣고 착하게 굴면, 숙제는 모두 없었던 걸로 해줄게. 자, 멋지게 포즈를 잡고 예쁘게 웃고 있으면, 아저씨가 우리에게 멋진 사진을 찍어주실 거야!"

우리는 선생님을 힘들게 하고 싶지 않았기 때문에, 선생님 말씀대로 했다. 모두 함빡 미소를 지으며 멋지게 포즈를 잡았다.

하지만 우리가 평생 소중히 간직하게 될 추억은 망쳐버렸다. 사진사 아저씨의 모습이 보이지 않았다. 아저씨가 아무 말도 없이 가버렸던 거다.

맨 윗줄, 왼쪽에서 오른쪽으로 : 마르탱(움직였음), 풀로, 뒤베다, 쿠시뇽, 뤼퓌스, 알드베르,
　　　　위드, 샹피냐, 르페브르, 투생, 샤를리에, 사리고.
가운뎃줄 : 폴 보조조프, 자크 보조조프, 마르쿠, 라퐁탕, 르브룅, 뒤보, 델몽, 드 퐁타녜스,
　　　　마르티노, 조프루아, 메풀레, 팔로, 라파종.
맨 아랫줄 : 리농, 기요, 한니발, 크루체프, 베르제스, 선생님, 아냥, 니콜라, 파리볼, 그로시니,
　　　　곤잘레스, 피슈네, 알세스트, 무슈뱅(얼마 전에 퇴학당했음).

카우보이 놀이

오늘 오후에 카우보이 놀이를 하자고 친구들을 우리집으로 불렀다. 친구들은 각자 자기 장난감을 가지고 왔다. 뤼퓌스는 아빠가 사준 경찰관 놀이 세트를 통째로 가져왔다. 경찰 모자에 수갑, 권총, 하얀 지휘봉과 호루라기까지 달고 말이다. 외드는 큰형이 쓰던 낡은 보이 스카우트 모자에, 나무로 된 탄약통을 들고, 상자 두 개가 달린 허리띠를 매고 왔다. 두 상자 속에는 끝내주는 권총들이 들어 있었는데, 거기엔 상아로 만든 손잡이가 달려 있었다. 고기가 너무 탔다고 티격태격 다툰 후, 아빠가 엄마한테 사다 준 분갑과 똑같은 종류의 상아였다. 하지만 엄마는 그때 아빠랑 싸운 건, 아빠가 집에 늦게 왔기 때문이었다고 우긴다. 알세스트는 인디언 옷을 입고 왔다. 손에는 나무 도끼를 들고 머리에는 깃털을 듬성듬성 단 채로 말이다. 꼭 덩치 큰 암탉 같았다. 부자라서 아들이 원하는 거라면 뭐든지 사주는 아빠를 둔, 변장꾼 조프루아는 진짜 카우보이처럼 차려입고 나타났다. 양모 바지와 가죽 조끼, 체크 무늬 셔츠, 커다란 모자에, 쇠마개가 달린 권총과 기막히게 뾰족한 박차까지 차고 있었다. 난 사순절(사육제의 마지막 날―옮긴이)에 선물받은 검정색 마스크를 썼다. 엄마가 오랫동안 목에 두르고 다니던 빨간 스카프와 화살총도. 아주 멋졌다!

우리는 정원에 있었고, 엄마는 간식이 준비되는 대로 우리를 부르겠다고 했다.

"좋아, 이제부터 나는 백마 탄 정의의 기사야. 그리고 너희들, 그래 너희들은 악당 해라. 하지만 마지막에는 내가 이기는 거야."

내가 말했다. 하지만 애들은 싫다고 했다.

늘 이게 문제다. 혼자 놀면 재미가 없고, 여럿이서 놀면 말이 많다는 거.

"왜 나는 정의의 기사 하면 안 돼? 왜 나는 백마 타면 안 되는 거냐구?"

외드가 물었다. 그러자 알세스트가 말했다.

"너 같은 얼굴로는 정의의 기사 못 하지."

"야, 인디언, 넌 입 다물고 있어. 안 그러면 엉덩이를 차버릴 테니까!"

가진 거라곤 힘밖에 없고 친구들 코피 터뜨리기를 좋아하는 외드가 말했다. 코가 아니라 엉덩이를 차주겠다는 말에 난 흠칫 놀랐다. 아무튼 알세스트가 덩치 큰 암탉과 닮은 건 사실이었다.

"어쨌든 보안관은 나야."

뤼퓌스가 나섰다.

"보안관? 경찰 모자 쓴 보안관 본 적 있냐? 너, 지금 나 웃기려고 그러는 거지!"

조프루아가 말했다. 경찰관 아빠를 둔 뤼퓌스는 이 말에 기분이 상한 것 같았다.

"우리 아빠가 경찰 모자를 쓰긴 했지만 그걸 보고 웃는 사람은 아무도 없어!"

뤼퓌스는 조프루아에게 덤벼들었다.

"텍사스에서 그렇게 입으면 다들 웃을걸" 하고 조프루아가 놀리자, 뤼퓌스가 조프루아 따귀를 때렸다. 그러자 조프루아가 상자에서 권총을 꺼내들고 말했다.

"후회하게 될 거다, 조!"

뤼퓌스가 또다시 조프루아의 뺨을 찰싹 때리자 조프루아는 권총으로 '빵' 소리를 내더니 쓰러지듯 땅바닥에 주저앉았다. 뤼퓌스는 배에 손을 얹고 얼굴을 있는 대로 찡그리며, "네가 이겼다, 코요테.* 하지만 반드시 복수하고 말 거다!" 라고 말하며 땅바닥에 쓰러졌다.

나는 좀더 빨리 달리기 위해 내 엉덩이를 찰싹찰싹 치며 정원을 휘젓고 다녔다.

"말에서 내려. 백마는 내 거야!"

외드가 다가와 말했다.

나도 지지 않고 말했다.

"아냐, 임마. 여기는 우리집이니까 백마는 내 거야."

그러자 외드가 내 코에 주먹을 날렸다. 뤼퓌스가 삐이익, 하고 힘껏 호루라기를 불더니 외드에게 말했다.

"넌 말 도둑이야. 캔사스 주에서는 말 도둑들은 목을 매달게 되어 있대!"

바로 그때, 알세스트가 막 뛰어와서 말했다.

"잠깐! 넌 외드를 매달 자격이 없어. 보안관은 나란 말야!"

"계집애 같은 자식, 네가 언제부터 보안관이었어?"

뤼퓌스가 말했다. 알세스트는 싸우기를 싫어한다. 하지만 알세스트도 이번만은 참을 수 없었는지 나무 도끼를 불쑥 집어들었다. 그리고는 뤼퓌스의 머리통을 도끼 손잡이로 툭! 하고 내리쳤다. 알세스트가 반격을 가하리라고는 상상도 못 하고 있던 뤼퓌

---

* 아메리카에 사는 개과 동물. 북아메리카 인디언들의 신화와 민담에 창조자, 영웅, 연인, 마술사, 책략가로 자주 등장한다.(옮긴이)

스는 그대로 얻어맞을 수밖에 없었다. 다행히도 뤼퓌스는 경찰 모자를 쓰고 있었다.

"내 모자! 네가 내 모자 망가뜨렸어!"

뤼퓌스는 소리를 지르며 알세스트를 쫓아다니기 시작했다. 그애들이 그러고 있는 동안, 나는 다시 정원을 신나게 내달렸다.

"얘들아, 잠깐만! 나한테 좋은 생각이 있어."

외드가 우리 모두를 불러세웠다.

"우리는 착한 사람을 하고, 알세스트가 인디언을 하는 거야. 알세스트가 우리를 잡으려고 하다가 포로를 하나 생포하면, 그때 우리가 짠! 하고 나타나서 포로를 풀어주고 알세스트를 쳐부수는 거야! 어때?"

우리는 너무 멋진 외드의 제안에 모두 찬성했다. 하지만 알세스트는 아니었다.

"왜 내가 인디언을 해?"

알세스트가 뚱한 목소리로 물었다. 그러자 조프루아가 대답했다.

"바보야, 네 머리에 깃털이 달려 있으니까 그렇지! 아, 싫으면 관둬. 그만 놀면 되니까. 그래, 그러면 되겠네. 너 때문에 우리만 귀찮아지니까!"

"그래? 그렇다면 좋아. 나도 안 놀 거야."

알세스트는 이렇게 말하고 정원 한구석으로 가더니 토라진 얼굴로 주머니에서 초콜릿빵을 꺼내 우물우물 씹었다.

"알세스트가 있어야 돼. 인디언 할 사람은 쟤밖에 없는데, 쟤가 안 하면 내가 해야 되잖아!"

외드가 투덜거렸다.

결국 알세스트는 인디언을 하겠다고 했다. 자기도 잘해보고 싶다는 거였다. 하지만 조건이 있었다. 착한 인디언이어야 한다는 것이었다.

"알았어, 알았다구. 어쨌든 너 지금 하는 거하고 반대로만 하면 되겠네!"

조프루아가 대꾸했다.

"그런데 포로는 누가 해?"

내가 묻자 외드가 말했다.

"그건 조프루아가 할 거야. 우리, 조프루아를 빨랫줄로 나무에 묶어놓자."

조프루아가 발끈하며 나섰다.

"안 돼, 싫어. 왜 난데? 난 포로 안 해. 내가 너희들 중에서 옷도 제일 잘 입었잖아!"

"뭐라고? 그럼 나는? 나는 백마를 탔는데도 가만히 있잖아!"

외드가 대답했다.

이 말을 놓칠 내가 아니었다.

"백마는 내 거라니까!"

하지만 외드는 화를 내면서 백마는 자기 거라고 끝까지 우겼고, 계속 이렇게 나오면 내 코에 다시 한 방 먹이겠다고 으르렁거렸다.

"어디 한번 해보시지!"

외드는 기어이 나한테 주먹을 휘둘렀다.

"꼼짝 마라, 오클라호마 키드!"

조프루아가 이렇게 말하며 사방에다 투투투투, 권총을 쏘아댔다. 그러자 뤼퓌스가 호루라기를 불며 소리쳤다.

"야아, 보안관은 나야, 이런 게 어딨어! 모두 멈춰!"

알세스트는 나무 도끼로 뤼퓌스의 모자를 툭, 치고는 뤼퓌스를 포로로 생포했다고 떠들었다. 뤼퓌스는 알세스트 때문에 호루라기를 잔디 위에 떨어뜨렸다며 화를 냈고,

나는 울면서 외드에게 소리를 쳤다. 여기는 내 집이고, 난 더이상 외드가 보기 싫다고 말이다. 모두가 악을 써대고 있었다. 정말 멋진 광경이었다. 모두들 너무나 재미있어 했다.

조금 있으려니까 아빠가 집에서 나왔다. 심상치 않은 분위기였다.

"야, 이 녀석들아! 이게 무슨 난리냐. 너희들은 얌전하게 놀 줄도 모르니?"

"조프루아 때문이에요. 얘가 포로를 안 하겠다잖아요!"

외드가 이렇게 말하자, 조프루아가 덤벼들었다.

"너 나한테 한 대 맞고 싶어?"

둘은 다시 치고받으며 싸우기 시작했다. 아빠가 그애들을 떼어놓으며 말했다.

"자, 얘들아, 어떻게 노는 건지 내가 보여주마. 내가 포로를 하지!"

우리는 신이 났다. 우리 아빠 정말 멋쟁이다! 우리는 아빠를 나무에 꽁꽁 묶었다. 간신히 묶어두고 돌아서는데, 블레뒤르 아저씨가 정원 울타리를 훌쩍 넘어오는 게 보였다. 옆집에 사는 블레뒤르 아저씨는 우리 아빠 괴롭히는 걸 좋아한다.

"나도 같이 놀고 싶은데? 나는 아메리카 인디언을 하지! 나를 '뒷발로 선 황소'라고 부

르게.”

“여기서 나가게, 블레뒤르. 우린 자네 안 불렀네!”

아빠가 말했다.

몸집이 엄청나게 큰 블레뒤르 씨는 팔짱을 낀 채 아빠 앞에 우뚝 서서 말했다.

“자네, 얼굴이 희멀게져서 아무 말도 못 하고 있군그래!”

아빠는 나무에 묶인 끈을 풀려고 안간힘을 쓰고 있었고, 블레뒤르 씨는 나무 주위를 돌며 소리를 지르고 덩실덩실 춤까지 추었다. 아빠와 블레뒤르 아저씨가 재미있게 놀며 장난치는 모습을 계속 보면 좋았을 테지만, 바로 그때 엄마가 간식 먹으라고 우리를 불렀기 때문에 그럴 수가 없었다. 간식을 먹고 나서 우리는 전기 기차 놀이를 하러 내 방으로 몰려갔다. 난 아빠가 카우보이 놀이를 그렇게 좋아하는 줄 정말 몰랐다. 밤이 되어 정원에 나가보니 블레뒤르 아저씨는 벌써 가버렸고, 아빠만 나무에 꽁꽁 묶인 채 소리를 지르며 얼굴을 찡그리고 있었다.

혼자서도 그렇게 재미있게 놀다니, 우리 아빠 정말 멋진 사람이다!

부이옹 선생님

오늘, 우리 담임 선생님이 학교에 오지 않았다. 교실로 들어가기 위해 운동장에 줄을 맞춰 서 있는데, 학생주임 선생님이 와서 우리에게 말했다.

"너희 선생님이 오늘 편찮으시단다."

뒤봉 씨, 아니 학생주임 선생님이 대신 우리를 교실로 데리고 들어갔다. 우리는 학생주임 선생님을 부이옹이라고 부른다. 물론 선생님이 없을 때만 말이다. 선생님은 항상 "내 눈을 봐"라고 말하는데, 그럴 때 선생님 눈을 들여다보면 부이옹 수프(고기, 야채 등을 삶아서 만드는 수프―옮긴이)에 떠 있는 뿌연 기름 덩어리처럼 눈동자만 동동 떠 있기 때문이다. 왜 '부이옹'이라고 부르는지 나도 처음부터 알았던 건 아니다. 선배 형들이 말해줘서 알았다. 뻣뻣한 콧수염이 달린 부이옹 선생님은 걸핏하면 벌을 주기 때문에, 선생님이 있을 때 장난치는 건 금물이다. 그렇기 때문에 부이옹 선생님이 우리를 감독하러 오는 날은 아주 골치 아파진다.

다행히도, 교실로 들어온 뒤 선생님은 이렇게 말했다.

"난 교장 선생님과 할 일이 있어서 너희들과 함께 있을 수가 없다. 자, 내 눈을 보고 약속해. 얌전히들 있겠다고."

우리들의 눈동자가 일제히 선생님의 두 눈을 향해 쏠렸고 우리는 눈으로 약속했다. 어떻게 보면 우리는 너무 얌전해서 탈이다.

그런데도 부이옹 선생님은 우리가 영 못 미더운가 보았다. 선생님은 우리 반 모범생이 누구냐고 물었다.

"저예요, 선생님!"

아냥이 우쭐대며 말했다.

그렇기는 하다. 아냥은 우리 반 일등이고 담임 선생님의 귀염둥이니까. 아냥이 미워도 우리는 그애를 마음놓고 때릴 수도 없다. 안경을 꼈기 때문이다.

"좋아, 네가 담임 선생님 자리에 앉아서 친구들을 감독해라. 어떻게들 하고 있나 가끔씩 들여다볼 거야. 수업 시간에 배운 거 복습들 하고 있어."

아냥은 싱글벙글하며 담임 선생님 자리에 가서 앉았고, 부이옹 선생님은 교실을 나갔다.

"자, 지금은 산수 시간이니까, 산수 공부를 해야 해. 공책 펴. 문제를 풀 테니까."

아냥의 뜬금없는 말에 클로테르가 물었다.

"야, 너 머리가 어떻게 된 거 아냐?"

"클로테르, 조용히 해!"

아냥이 소리쳤다. 정말 자기가 선생님이라도 된 줄 아는 모양이었다.

"네가 사내자식이라면, 어디, 내 앞에 와서 더 떠들어봐!"

클로테르도 지지 않고 맞섰다. 그때 교실 문이 드르륵 열리더니, 부이옹 선생님이 미소를 머금고 들어왔다.

"오호! 내가 문 뒤에서 다 들었다. 거기 너, 내 눈을 봐!"

선생님이 클로테르에게 말했다. 클로테르는 선생님의 눈을 들여다보았다. 선생님의 눈 속에서 심상치 않은 분위기를 읽은 것 같았다.

"내가 말하는 문장의 동사들을 변화시켜봐. '나는 나를 감독하며 산수 공부를 시키려는 친구에게 못되게 굴지 않겠습니다.'"

그리고 나서 선생님은 교실에서 나갔다. 다시 오겠다는 말도 빼놓지 않았다.

조아생이 선생님이 오는지 안 오는지 망을 보겠다고 했다. 우리는 모두 찬성했다. 물론 아냥만 빼고.

"조아생, 네 자리로 가!"

아냥이 소리를 질렀다. 하지만 조아생은 혀를 낼름거리며 교실 문 쪽으로 갔다. 그리고는 열쇠구멍을 빠끔히 들여다보며 망을 보기 시작했다.

"조아생, 뭐가 보여?"

클로테르가 물었다.

"아니, 아무것도 안 보여."

조아생이 대답했다. 갑자기 클로테르가 벌떡 일어나더니, "아냥에게 산수책을 먹이겠어" 하고 말했다. 정말 끝내주는 생각이었다.

"안 돼! 난 안경 꼈잖아!"

아냥이 기겁을 하며 소리쳤다.

"그래도 먹일 테야!"

클로테르가 으르렁거렸다. 아냥에게 뭐라도 꼭 먹이고 말겠다는 기세였다.

"그런 바보 같은 짓 하면서 시간 버리는 것보다 공 가지고 노는 게 어때?"

조프루아가 말했다.

"그럼 산수 문제 푸는 건 어떡하고?"

아직도 분위기 파악이 안 되는지, 아냥이 불만스런 얼굴로 물었다.

우리는 아냥 말 같은 건 무시해버리고 공을 이리저리로 패스하기 시작했다. 의자들을 헤집고 다니며 노는 건 정말 재미있었다. 난 이다음에 어른이 되면, 꼭 교실을 하나 사서 놀이터로 쓸 거다.

"으아악!"

갑자기 비명 소리가 들리더니, 조아생이 두 손으로 코를 싸쥐고 땅바닥에 주저앉았다. 부이옹 선생님이 문을 열고 들어오는 걸 미처 못 본 모양이었다.

"너 여기서 뭐 하는 거냐?"

부이옹 선생님이 깜짝 놀라 물었다. 하지만 조아생은 아무 대답도 못 하고 "아야, 아야" 소리만 내고 있었다. 부이옹 선생님이 조아생의 팔을 잡고 데리고 나갔다. 그러는 동안 우리는 공을 들고 제자리로 가서 앉았다.

조금 있으니까 부이옹 선생님이 코가 대문짝만하게 부어오른 조아생을 데리고 다시 왔다. 선생님은 이제 우리가 지긋지긋해지기 시작했다며, 계속 이러면 어떻게 되나 두고 보자고 협박했다.

"너희들은 왜 너희 친구 아냥을 본받지 못하는 거냐? 쟤는 저렇게 얌전한데."

선생님은 이 말만 남기고 나가버렸다. 조아생에게 어찌 된 일이냐고 묻자, 열쇠구멍으로 망을 보다가 깜빡 잠이 들었다고 했다.

앞에서 아냥 목소리가 들려왔다.

"농부가 시장엘 갔어. 장바구니에다가 열두 개에 오백 프랑 하는 달걀 스물여덟 개를 가지고 갔거든……."

아냥은 정말 끈질겼다.

"다 너 때문이야. 코피를 터뜨려놓겠어."

조아생이 아냥에게 씨근덕거렸다.

"맞아! 쟤한테는 산수책을 먹여줘야 돼. 농부고 달걀이고 안경이고 모조리 먹이는 거야!"

클로테르가 맞장구치며 나섰다.

그러자 겁쟁이 아냥은 울음을 터뜨리며 말했다.

"너희들은 너무 못됐어. 우리 엄마 아빠한테 일러서 너희들 모두 전학 가게 만들 거야."

그때 또다시 교실 문이 드르륵 열렸다. 부이옹 선생님이었다. 우리는 모두 입도 뻥긋하지 않고 제자리에 앉아 있었다. 아냥만 담임 선생님 자리에 앉아 혼자 훌쩍거리고 있었다. 부이옹 선생님이 아냥에게 말했다.

"뭐야, 이제는 네가 떠들고 있는 거냐? 너희들 나를 미치게 만들려고 작정을 했구

나! 내가 교실에 올 때마다 꼭 한 놈씩 말썽이니! 이 녀석들! 모두 내 눈을 잘 봐! 내가 다시 왔을 때 또 무슨 일이 있으면 그땐 정말 각오들 해!"

마지막 경고를 남기고 선생님은 나갔다. 우리는 이제는 정말 말썽을 부리면 안 되겠다고 생각했다. 학생주임 선생님을 화나게 해서 얻는 거라곤 벌밖에 없으니 말이다.

우리는 꼼짝 않고 앉아 있었다. 아냥이 훌쩍거리는 소리와, 쉬지 않고 먹어대는 먹보 알세스트가 뭔가를 씹는 소리말고는 아주 조용했다.

그런데 문에서 무슨 소리가 아주 조그맣게 들리면서 문 손잡이가 돌아가는 게 보였다. 삐그덕 소리를 내며 문이 조금씩 열리기 시작했다. 우리는 숨도 제대로 못 쉬고 뚫어져라 문만 쳐다봤다. 알세스트까지도 입을 헤 벌린 채 먹는 것을 잊고 있었다.

"부이옹이다!"

누군가가 소리쳤다.

교실문이 쾅, 하고 열렸다. 정말 부이옹 선생님이었다. 얼굴이 시뻘겋게 달아올라 있었다.

"지금 부이옹이라고 말한 녀석 누구야?"

"니콜라예요!"

아냥이 대답했다.

"아니야, 이 더러운 거짓말쟁이!"

아냥 말은 정말 사실이 아니었다. 범인은 뤼퓌스였다.

"너잖아! 네가 그랬잖아!"

아냥이 소리를 지르면서 또 울음을 터뜨렸다.

"너 이따가 수업 끝나고 남아!"

부이옹 선생님이 나에게 말했다. 그래서 나도 그만 울음을 터뜨리고 말았다. 난 정말 억울하다고 말했다. 내가 학교를 떠나면 모두들 나를 그리워하게 될 거라는 말도 덧붙였다.

"쟤가 그런 거 아니에요, 선생님. 아냥이 그랬어요!"

뤼퓌스가 큰 소리로 말했다.

"제가 안 그랬어요!"

아냥 목소리도 만만찮게 컸다.

"네가 그랬잖아. 네가 부이옹이라고 하는 거, 아주 정확하게 부, 이, 옹, 이라고 하는 거 내가 똑똑히 들었단 말이야!"

35

뤼퓌스가 말했다.

"잘들 한다, 이따가 수업 끝나고 한 녀석도 빠짐없이 모두 남아!"

부이옹 선생님이 말했다.

"전 왜 남아요? 저는 부이옹이라고 안 했는데요!"

알세스트가 말했다.

"그 우스꽝스런 별명 그만 부르란 말이다, 알겠냐?"

부이옹 선생님이 소리쳤다. 정말 머리끝까지 화가 난 것 같았다.

"난 수업 끝나고 안 남을 거야!"

아냥이 울부짖으며 데굴데굴 뒹굴었다. 땅바닥에 누워 떼를 쓰다 못해 딸꾹질까지 하더니 얼굴이 붉으락푸르락해졌다. 반 아이들 거의 모두가 소리를 지르거나 울고 있었다.

교장 선생님이 왔다. 난 부이옹 선생님도 우리처럼 울음을 터뜨릴 거라고 생각했다.

"무슨 일이요, 부이오…… 아니 뒤봉 선생?"

교장 선생님이 물었다.

"모르겠습니다, 교장 선생님. 한 녀석은 땅바닥을 뒹굴고, 또 한 녀석은 내가 연 문에 부딪혀 코피를 흘리고, 나머지 녀석들은 고래고래 소리를 지르고. 정말 이런 녀석들은 처음입니다! 이런 녀석들은 한 번도 본 적이 없어요!"

부이옹 선생님이 머리를 긁적거렸다. 콧수염이 사방팔방으로 뻗쳐 있었다.

다음날, 우리 담임 선생님은 돌아왔지만 부이옹 선생님은 결근을 했다.

축구 시합

알 세스트가 오늘 오후에 집 근처에 있는 공터에서 만나자고 친구들과 약속을 했다. 내 친구 뚱보 알세스트는 먹는 걸 굉장히 좋아한다. 알세스트하고 약속을 한 건, 그애가 아빠한테서 새 축구공을 선물받았기 때문이다. 우리는 아주 폼나는 시합을 벌일 작정이었다. 알세스트는 정말 멋진 친구다.

우리는 오후 세시에 공터에서 만났다. 모두 열여덟 명이었다. 양편을 똑같은 수로 나누려면 편을 어떻게 먹어야 할지 결정해야 했다.

심판을 고르는 건 쉬웠다. 당연히 아냥이었다. 아냥은 우리 반 일등이고 다들 그애를 별로 안 좋아하기는 하지만, 안경을 껴서 아무도 건드릴 수 없기 때문이다. 그러니 심판으로는 제격이었다. 어느 팀에서도 아냥을 안 끼워주려고 하는 탓도 있었다. 축구를 하기에는 너무 힘이 약하고, 걸핏하면 울음을 터뜨리기 때문이다.

우리가 한참 의논을 하고 있는데, 아냥이 호루라기를 달라고 했다. 우리 중에 호루라기를 갖고 있는 사람은 딱 한 사람, 아빠가 경찰관인 뤼퓌스뿐이었다.

"내 호루라기 빌려주기 싫어. 우리 가족 기념품이란 말야."

뤼퓌스는 거절했다. 하는 수 없었다. 결국 아냥이 뤼퓌스에게 신호를 보내면 뤼퓌스가 대신 호루라기를 불어주기로 했다.

"도대체 축구 할 거야, 말 거야? 난 벌써 배고프단 말야!"

알세스트가 외쳤다.

하지만 복잡한 문제가 있었다. 아냥이 심판을 보면, 열일곱 명이 남기 때문에 둘로 나누면 하나가 남았다. 우리는 한 가지 해결책을 생각해냈다. 한 명을 부심으로 뽑아

서, 공이 경기장 바깥으로 나갈 때마다 작은 깃발을 흔들게 하자는 거였다. 부심으로는 맥상이 뽑혔다. 부심 한 명이 경기장 전체를 감독하기는 힘들겠지만, 대신 맥상은 달리기를 아주 잘한다. 때가 꼬질꼬질하게 낀 커다란 무릎에, 바짝 마른 두 다리는 길쭉하다. 그런데 맥상은 뭘 알고 하려고 하지 않고 무턱대고 공만 차려고 했다. 그러다가 뜬금없이 "난 깃발 없는데?" 하고 말했다. 맥상은 전반전 동안만 부심을 하겠다고 했고, 깃발 대신 자기의 더러운 손수건을 흔들겠다고 했다. 집에서 나올 때 자기 손수건이 깃발로 쓰일 거라고는 생각도 못 했을 거다.

"자, 준비됐지?"

알세스트가 소리쳤다.

그 다음부터는 쉬웠다. 선수도 열여섯 명, 딱 맞았다.

각 팀에 주장이 한 사람씩 필요했다. 그런데 너도나도 주장을 하겠다고 우겼다. 뛰는 게 싫어서 골키퍼를 하고 싶어하는 알세스트만 빼고 말이다. 우리는 알세스트한테 골키퍼를 시켜주었다. 알세스트라면 골키퍼로는 제격이다. 옆으로 푹 퍼진 살 때문에 그냥 서 있기만 해도 공이 피해갈 테니까 말이다.

그렇다고 해도 주장이 열다섯이나 되었다. 너무 많았다.

"내가 제일 힘이 세니까 주장은 내가 해야 해. 불만 있는 놈 있으면 나와! 코에다 한 방 먹여줄 테니까!"

외드가 큰 소리로 으름장을 놓았다.

"주장은 나야, 내가 옷을 제일 잘 입었잖아!"

조프루아가 겁없이 앞으로 나서자, 외드가 조프루아의 코에 주먹을 날렸다.

조프루아가 우리 중에 옷을 제일 잘 입은 건 사실이다. 엄청 부자인 그애 아빠가 그애한테 빨간색 하얀색 파란색으로 된 윗도리와 축구 용품을 통째로 사준 덕분에 말이다.

"나 주장 안 시켜주면, 우리 아빠 불러서 너희들 모두 감옥에 집어넣으라고 할 거야!"

뤼퓌스도 끼어들었다.

그러면 동전을 던져서 정하자고 내가 말했다. 동전 두 개가 필요했지만, 하나는 잔디밭에서 잃어버려 찾을 수가 없었다. 조아생이 빌려준 동전이었다. 조프루아가 자기 아빠한테 말해서 수표로 갚아주겠다고 하는데도, 조아생은 속이 상했는지 잔디밭을 여기저기 뒤지고 다니기 시작했다. 드디어 주장 두 명이 뽑혔다. 조프루아, 그리고 바로 나였다.

"야아, 난 간식 시간에 늦고 싶지 않단 말야. 축구를 하긴 할 거야?"

알세스트가 소리쳤다.

이젠 어떻게 편을 먹을 건지 정할 차례였다. 팀원을 고르는 건 아주 쉬웠다. 하지만 외드 때문에 문제가 생겼다. 양팀 주장인 조프루아와 나, 둘 다 외드를 자기 팀으로 데려가려 한 거다. 녀석이 공을 갖고 뛰면 아무도 당할 자가 없기 때문이다. 축구를 썩 잘하지는 않아도, 외드는 공포의 대상이다.

기어이 동전을 찾아낸 조아생의 얼굴이 밝아졌다. 우리는 외드를 놓고 동전 던지기

를 하게 다시 동전을 빌려달라고 했는데, 또 잃어버리고 말았다. 조아생은 엄청 화난 얼굴로 다시 동전을 찾으러 이리저리 헤매다니기 시작했다.

조프루아가 외드를 차지했다. 조프루아는 외드에게 골키퍼를 하라고 했다. 조프루아 녀석이 머리를 쓴 거다. 걸핏하면 화를 내고 주먹을 날리는 외드가 골문을 지키고 있으면 골문 근처엔 아무도 얼씬거리지 못할 테니 말이다.

"그래, 거기 잘 돼가나?"

알세스트가 자기가 먹은 골 수를 표시하는 돌들 사이에 앉아 우적우적 과자를 씹어 대며 일그러진 얼굴로 소리쳤다.

다들 자기 자리를 잡으려고 난리였다. 골키퍼를 빼고 나니 각 팀이 일곱 명뿐이라서 위치를 잡는 게 쉽지 않았다. 각 팀에서 자리싸움이 시작되었다. 너도나도 센터포드를 하겠다고 했다. 조아생만은 라이트 윙을 맡겠다고 했다. 축구를 하면서라도 그쪽 구석 어디쯤엔가 떨어진 동전을 기어이 되찾고야 말겠다는 속셈이 깔려 있었던 거다.

조프루아네 팀에서는 위치 선정이 아주 빨리 끝났다. 외드가 또 주먹을 휘두른 거다. 그쪽 애들은 끽소리도 못 하고 코를 문지르며 알아서 제자리를 찾아갔다. 외드의 주먹은 정말 세다!

하지만 우리 팀은 그때까지도 자리를 놓고 다투고 있었다.

"빨리 안 하면 너희들한테도 한 방씩 날려줄 거야!"

외드의 협박에 우리는 잽싸게 가서 자리를 잡고 섰다.

아냥이 뤼퓌스에게 "호루라기!" 하고 소리치자, 우리 팀인 뤼퓌스가 호루라기로 경기 시작 신호를 했다.

조프루아가 뿌루퉁한 얼굴로 말했다.

"이건 불공평해! 이쪽은 햇빛이 너무 많이 들어서 눈이 부시단 말야! 우리 팀만 나쁜 쪽 진영 쓰란 법 있어!"

"햇빛이 싫으면 눈감고 하면 되잖아. 혹시 알아, 게임이 더 잘 풀릴지?"

내가 대답했다.

우리는 치고받으며 싸우기 시작했다. 뤼퓌스가 힘껏 호루라기를 불었다.

"너한테 호루라기 불라고 안 했잖아, 심판은 나란 말야!"

아냥이 소리쳤다.

아냥의 말에 기분이 나빠진 뤼퓌스가 말했다.

"호루라기 부는 데 네 허락 같은 거 필요 없어. 내가 불고 싶으면, 아무 때나 불 거라구!"

그러더니 뤼퓌스는 미친 듯이 호루라기를 불어대기 시작했다.

"넌 정말 못됐어. 그러니까 맨날 그 모양이지!"

울분을 참지 못한 아냥은 이렇게 말하고는 엉엉 울기 시작했다.

"야아, 애들아!"

저쪽 골문에서 알세스트가 불렀다. 하지만 아무도 그 소리를 못 들었다. 나는 그때 조프루아와 격투를 벌이고 있었다. 나는 녀석의 빨강 하양 파랑 색이 들어간 멋진 셔츠를 갈기갈기 찢어놓았다. 그런데도 조프루아는 나를 살살 약올렸다.

"흥, 흥! 이쯤은 아무것도 아냐! 우리 아빠가 더 좋은 걸로 또 왕창 사줄 거니까!"

분을 참지 못한 나는 조프루아의 발목을 연거푸 걷어찼다. 뤼퓌스는 "난 안경 꼈어! 안경 꼈다구!" 하며 떠드는 아냥을 쫓아다녔고, 조아생은 남이야 뭘 하든 상관 않고 동전을 찾아 헤맸다. 하지만 동전은 끝끝내 보이지 않았다. 골문 앞에 우두커니 서 있던

외드는, 지겨워졌는지 자기 주위에 가까이 있는 애들(그러니까 그애네 팀 애들 말이다.) 코에 주먹을 먹이기 시작했다. 모두들 소리를 지르며 뛰어다니고 있었다. 너무 재미있었다. 정말 멋졌다!

"얘들아, 그만 해!"

알세스트가 또 한번 소리쳤다. 이 소리에 화가 난 외드가 알세스트에게 말했다.

"뭐가 그렇게 급해? 우린 지금 경기를 하고 있는 거야. 할말 있으면 하프 타임까지 기다리라구!"

"무슨 하프 타임? 지금 생각난 건데, 우린 공이 없어. 내가 집에 두고 왔다구!"

알세스트가 말했다.

장학사 선생님

담임 선생님이 무척 상기된 얼굴로 교실에 들어왔다.

"우리 학교에 장학사 선생님이 오실 거야. 너희들이 착하고 얌전하게 굴어서 그분한테 좋은 인상을 심어줄 거라고 기대해도 되겠지?"

우리는 그러겠다고 약속했다. 그런데도 선생님은 괜히 불안해했다. 항상, 아니 거의 얌전한 우리를 두고 말이다.

"미리 말해두는데, 이번에 오시는 장학사 선생님은 너희 같은 애들을 다루는 데는 도통하신 분이야. 지금은 은퇴하셨지만……."

선생님은 우리에게 잔소리를 줄줄이 늘어놓았다. 장학사 선생님의 질문에 대답할 때 빼놓고는 입도 뻥끗하지 말고, 선생님 허락 없이는 웃지도 말라고 했다. 지난번처럼 교실 바닥에 구슬을 굴려서 장학사 선생님을 넘어지게 해서는 안 된다는 당부도 했다. 또 알세스트한테는 장학사 선생님이 있을 때에는 먹지 좀 말라고 했고, 우리 반 꼴찌 클로테르한테는 선생님 눈에 띄지 않게 조심하라고 했다. 나는 가끔 선생님이 우리를 꼭두각시 인형으로 생각하는 게 아닐까 하는 생각이 든다. 하지만 우리는 선생님을 아주 좋아하기 때문에, 선생님이 원하는 것이라면 뭐든지 하겠다고 약속했다.

선생님은 교실을 쭉 둘러보고 우리도 주욱 훑어보더니, 우리 중 몇 사람보다는 차라리 교실이 더 깨끗하다고 말했다. 그리고는 우리 반 일등이자 선생님의 귀염둥이인 아냥에게, 장학사 선생님이 받아쓰기 시험을 볼 경우에 대비해서 잉크병에 잉크를 채워 두라고 말했다.

아냥은 큼직한 잉크병을 들고서, 시릴과 조아생이 앉은 맨 첫 줄부터 채우기 시작했다.

그때 "장학사다!" 하는 소리가 들렸다. 그 소리에 놀란 아냥이 그만 책상에다 잉크를 엎지르고 말았다. 누군가가 장난을 친 거였다. 장학사 선생님은커녕 그 그림자도 보이지 않았다. 화가 난 선생님이 소리쳤다.

"클로테르, 선생님이 다 봤어. 네가 이런 말도 안 되는 장난 치는 거 다 봤다구. 뒤에 가서 서 있어!"

"제가 뒤에 서 있으면 장학사 선생님 눈에 금방 띌 거예요. 그러면 장학사 선생님이 저한테 질문을 하실 텐데, 전 아무것도 아는 게 없잖아요. 그럼 전 어떡해요. 그냥 울어버리고 말 거라구요."

클로테르가 훌쩍거리며 말했다. 그리고는 다시 덧붙였다.

"장난친 게 아니에요. 장학사 선생님이 교장 선생님하고 같이 복도로 지나가는 걸 정말 봤단 말예요."

선생님은 클로테르의 말을 믿기로 한 것 같았다.

"좋아, 이번만 봐주는 거야."

잉크 범벅이 된 첫번째 줄 책상 때문에 일이 귀찮아졌다. 선생님은 눈에 띄지 않게 맨 뒷줄 책상과 바꿔놓자고 했다. 우리는 자리에서 일어나 복작거리며 책상을 움직이기 시작했다. 교실에 있는 책상을 모조리 옮겨야 하는 엄청난 일이었지만, 우리는 정말 신이 났다.

바로 그때, 장학사 선생님이 교장 선생님과 함께 들어왔다.

모두 서 있던 참이라, 일부러 일어설 필요도 없었다. 선생님들이나 우리들 모두 하나같이 놀란 토끼 눈을 하고 있었다.

"학생들이…… 좀 산만해져 있군요."

놀란 교장 선생님이 더듬거리며 말했다.

"자아, 여러분. 어서들 자리에 앉아요."

장학사 선생님 말에 우리는 일제히 자리에 앉았다. 맨 뒤로 옮기려고 첫번째 책상을 뒤로 돌려놓은 바람에 시릴과 조아생은 칠판을 등지고 앉았다.

"이 두 학생은 항상 이렇게 앉나요?"

그 둘을 물끄러미 쳐다보던 장학사 선생님이 우리 선생님한테 물었다.

그러자 선생님은, 클로테르가 질문받았을 때 짓는 멍한 표정을 지어 보였다. 하지만 클로테르처럼 울지는 않았다.

"사소한 말썽이 좀……."

선생님이 얼버무렸다. 장학사 선생님은 기분이 안 좋아 보였다. 자세히 보니, 장학사 선생님의 눈이 숯검정 같은 눈썹과 거의 붙어 있었다.

"교사로서 권위를 지켜야지, 이게 뭡니까? 자 여러분, 이 책상을 제자리에 옮겨놓으세요."

우리가 모두 일어나자, 장학사 선생님이 큰 소리로 외쳤다.

"아니, 다 일어설 필요는 없어요. 거기, 너희 둘만 일어서!"

시릴과 조아생은 책상을 제자리로 돌려놓고 다시 앉았다. 장학사 선생님은 그제서야 미소를 짓고는 두 손으로 앞에 있는 책상을 짚고 말했다.

"좋아요, 내가 오기 전에 뭘 하고 있었죠?"

"책상을 옮기고 있었습니다."

시릴이 대뜸 대답했다.

"이제 책상 얘기는 그만!"

장학사 선생님은 짜증이 난 듯한 얼굴로 목소리를 높이더니 다시 물었다.

"그래요, 그럼 어디 한번 물어봅시다. 왜 책상을 옮기고 있었죠?"

"잉크 때문이에요."

이번에는 조아생이 대답했다.

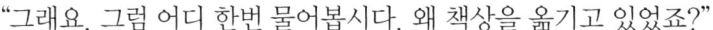

장학사 선생님은 "잉크?" 하고는 자기 두 손을 내려다보았다. 온통 파랗게 잉크 물이 들어 있었다. 선생님은 한숨을 푹 내쉬고는 손수건을 꺼내 잉크를 닦아냈다.

장학사 선생님, 우리 선생님, 교장 선생님 모두 장난할 기분이 아닌 것 같아서 우리는 아주 얌전하게 굴기로 했다.

"제가 보기에, 선생님은 학생들의 규율을 잡는 데 좀 문제가 있으신 것 같군요. 학생들의 기본적인 심리를 이용할 줄 알아야 합니다."

장학사 선생님은 이렇게 말하고 나서, 함빡 미소를 지으며 우리를 쳐다보았다. 그렇게 웃으니까 눈썹이 눈에서 좀 떨어져 보였다.

"여러분, 난 여러분들과 친구가 되고 싶어요. 조금도 무서워할 것 없어요. 여러분이 재미있는 이야기를 좋아한다는 건 나도 알아요. 나도 웃는 걸 좋아하니까. 여러분, 두 명의 귀머거리 얘기 알고 있나요? 한번 들어보세요. 한 귀머거리가 다른 귀머거리에게 물었어요. 너 낚시하러 가니? 그러자 다른 귀머거리가 말했어요. 아니, 난 고기 잡으러 가. 이 말을 듣고 첫번째 귀머거리가 뭐라고 했는 줄 알아요? 난 또 네가 낚시하러 가는 줄 알았지."

선생님 허락 없이는 웃을 수 없다는 게 무척 유감이었다. 웃음을 참느라 진땀을 빼야 했으니까 말이다. 오늘 저녁때 아빠한테 이 얘기를 해드려야지. 무척 재미있어하실 거다. 아빠는 이 얘기는 분명히 모를 테니까. 누구의 허락도 받을 필요가 없는 장학사 선생님은 목젖이 보이도록 크게 웃었다. 하지만 우리가 아무런 반응도 보이지 않자, 장학사 선생님은 그나마 조금 펴져 있던 눈썹을 도로 제자리에 갖다놓았다. 선생님은 흠흠, 헛기침을 하고 나서 다시 말을 이었다.

"좋아요. 이만하면 실컷 웃었으니 이제 수업을 합시다."

"우화를 공부하고 있던 참이었습니다. 〈까마귀와 여우〉 이야기입니다."

담임 선생님 말에 장학사 선생님은 고개를 끄덕이며 말했다.

"좋아요, 아주 좋아요. 그럼 계속해보세요."

담임 선생님은 두리번거리더니 아냥을 지적했다.

"아냥, 네가 한번 암송해봐라."

그때 갑자기 장학사 선생님이 손을 들었다.

"제가 한번 지적해보면 어떨까요?"

장학사 선생님의 날카로운 눈초리가 클로테르에게 내리꽂혔다. 꼴찌는 누구한테나 눈에 띄는가 보다.

"거기, 너, 어디 한번 암송해봐라."

클로테르는 입을 떼려다 말고 울음을 터뜨렸다.

"이 학생 왜 이러나요?"

장학사 선생님이 묻자, 담임 선생님은 수줍음을 많이 타서 그러니 용서해달라고 했다. 대신 뤼퓌스가 대답을 해야 했다. 아빠가 경찰관인 뤼퓌스 말이다. 뤼퓌스는, 자기는 그 우화를 잘 외우지는 못하지만 대충 무슨 얘기인지는 안다고 대답했다. 양젖 치즈를 물고 있는 까마귀 얘기 아니냐고 했다.

"양젖 치즈라고?"

장학사 선생님이 조금 어리둥절한 표정으로 되물었다.

"아니지, 노르망디 치즈였잖아."

알세스트가 끼어들었다.

"말도 안 돼. 어떻게 까마귀가 노르망디 치즈를 물고 있냐. 질질 녹아내리고 냄새도 고약한데!"

뤼퓌스의 대꾸였다.

"냄새가 좀 나기는 하지만 얼마나 맛있는데. 냄새 같은 건 중요한 게 아냐. 비누를

봐. 냄새가 좋으면 뭐해, 먹지도 못하잖아. 그런데 있잖아, 나 사실은 비누 먹어봤다."

"설마! 너 바보 아냐? 우리 아빠한테 일러서 너희 아빠 딱지 왕창 떼라고 할 거야!"

알세스트와 뤼퓌스는 치고받으며 싸우기 시작했다.

모두들 자리에서 일어나 소리를 질렀다. 클로테르와 아냥만 빼고 말이다. 클로테르는 구석 자리에서 계속 훌쩍이고 있었고, 아냥은 칠판 앞에서 고개를 빳빳이 들고 〈까마귀와 여우〉를 암송하고 있었다. 모두 뒤죽박죽 엉겨붙어 정신없이 놀고 있는데 견

디다 못한 담임 선생님과 장학사 선생님, 교장 선생님이 동시에 버럭 소리를 질렀다.

"그만!"

교실은 순식간에 잠잠해졌고, 우리는 모두 제자리에 앉았다. 장학사 선생님이 손수건을 꺼내 얼굴을 닦았다. 손에 묻은 잉크를 닦았던 그 손수건 말이다. 선생님 얼굴 여기저기에 푸릇푸릇한 얼룩이 생겼다. 마음대로 웃을 수 없다는 게 정말 유감이었다. 쉬는 시간까지는 무슨 수를 써서라도 참아야 하는데, 쉽지 않을 것 같았다.

장학사 선생님이 우리 담임 선생님 곁으로 갔다. 그리고는 우리 선생님의 손을 꼭 잡았다.

"선생님, 선생님이 무척 존경스럽습니다. 선생이란 직업이 이렇게 성스러운 것인지 정말 몰랐어요. 오늘에야 그걸 알았습니다. 용기를 갖고 계속 열심히 가르쳐보세요! 힘내세요!"

장학사 선생님은 이렇게 말하고는 교장 선생님과 함께 종종걸음으로 교실을 나갔다.

우리는 담임 선생님을 참 좋아하지만, 선생님은 가끔 옳지 못한 판단을 내릴 때가 있다. 장학사 선생님한테 칭찬을 받은 게 다 우리 덕분이었는데도, 우리보고 수업 끝나고 남으라고 했으니까 말이다. 정말 말도 안 된다!

강아지 렉스

학교 끝나고 집으로 돌아오는데, 강아지 한 마리가 내 뒤를 쫄래쫄래 따라왔다. 쪼끄만 놈이 길을 잃은 것 같았다. 떠돌이 외톨이인 것 같아 마음이 좀 찡했다. 친구를 찾아주면 좋아할 것 같아서 붙잡아 안으려는데, 요리조리 쏙쏙 피하기만 해서 쉽게 잡히지 않았다. 나랑 함께 가는 게 별로 내키지 않았는지, 슬슬 내 눈치를 살폈다. 초콜릿빵 반쪽을 뚝 잘라 던져줬더니 덥석 물고는 지조도 없이 꼬리를 살랑살랑 흔들어대기 시작했다. 나는 그 강아지를 렉스라고 부르기로 했다. 지난주에 본 첩보영화에 나왔던 주인공 이름이다.

렉스는 항상 먹어대는 내 친구 알세스트만큼이나 빨리 빵조각을 먹어치웠다. 그제 서야 기분이 좋아졌는지, 렉스는 순순히 나를 따라오기 시작했다. 렉스를 집에 데리고 가면 엄마 아빠가 좋아할 것 같았다. 재주부리는 방법도 가르치고, 집도 보게 하고, 내 가 강도들을 잡을 때 도와주는 멋진 개로 만들 생각이었다. 지난주 목요일 날 봤던 영 화에서처럼 말이다.

하지만 내가 렉스를 데리고 집 안으로 들어서자, 엄마는 좋아하지 않았다. 엄만 내 가 하는 일은 항상 맘에 안 들어한다. 사실 렉스에게도 조금은 잘못이 있다. 렉스와 내 가 거실에 들어섰을 때, 엄마가 와서 나를 안아주며 학교에서 아무 일 없었냐고, 또 무 슨 엉뚱한 일 저지른 것 아니냐고 물었다. 그리고 나서야 렉스가 눈에 보였는지, 엄마 는 그때부터 잔소리를 늘어놓기 시작했다.

"웬 강아지니?"

나는 열심히 대답했다. 길 잃은 불쌍한 강아지인데, 내가 강도놈들을 잡는 걸 도와 줄 거라고 생각해서 데려왔다고 말이다. 그러는 동안 렉스는 안락의자 위에서 방방 뛰 어대더니, 쿠션을 물어뜯기 시작했다. 손님이 왔을 때만 빼고는 아빠도 마음대로 앉지 않는 바로 그 의자 위에서 말이다!

엄마는 계속해서 잔소리를 늘어놓으며 동물들을 집으로 데려오지 말라고 입이 닳도 록 얘기하지 않았냐고 했다.(그건 그랬다. 언젠가 내가 쥐를 데려왔을 때 말이다.) 개 는 위험한 동물이고, 혹시 이 개가 광견병에 걸렸다면 우리 모두를 물어뜯어 병을 옮 길 수도 있다고 했다. 엄마는 빗자루로 쫓아내기 전에 일 분간 시간을 줄 테니, 어서 개를 집 밖으로 내보내라고 했다.

렉스한테서 의자 쿠션을 떼어내려고 했는데, 쉽지가 않았다. 게다가 렉스는 이미 쿠션 끝자락을 입에 넣고 우물거리고 있었다. 하필이면 왜 쿠션을 좋아하는지 도무지 이해가 안 됐다. 렉스를 품에 안고 정원으로 나오는데, 눈물이 왈칵 쏟아질 것만 같았다. 나는 결국 울음을 터뜨렸다. 렉스도 슬펐는지 어땠는지는 모르겠지만, 어쨌든 녀석은 양털 쿠션 조각을 토해내느라 정신이 없었다.

퇴근해서 돌아온 아빠가 현관문 앞에 앉아 울고 있는 나와, 캑캑거리고 있는 렉스를 발견했다.

"아니, 무슨 일이냐?"

난 그 동안 있었던 일을 아빠한테 전부 얘기했다. 엄마는 렉스를 싫어하지만 렉스는 내 친구이고 나도 렉스에겐 하나밖에 없는 친구이며, 렉스는 내가 강도 잡는 걸 도와줄 거고, 나는 렉스에게 재주 넘는 방법을 가르쳐줄 거라고 말했다. 난 너무 불행하다는 말도 덧붙였다. 그리고 나서 다시 울음을 터뜨렸다. 렉스는 뒷발로 한쪽 귀를 긁적이고 있었다. 그런 동작은 아무나 할 수 있는 게 아니다. 전에 학교에서 애들이 렉스처럼 해보려고 한 적이 있었지만, 롱다리 맥상말고는 아무도 성공하지 못했었다.

아빠는 내 얼굴을 어루만져주며 말했다.

"엄마 말씀이 옳아. 떠돌이 개를 집에 데려오는 건 위험한 일이야. 병에 걸렸을지도 모르잖니. 병에 걸린 개한테 물리면 그걸로 끝이야! 입에 거품을 물고 미친 듯이 날뛰게 된다구. 너도 나중에 배우겠지만, 다행히도 파스퇴르가 치료약을 개발했지. 그분이야말로 인류의 은인이야. 덕분에 광견병을 치료할 수 있게 되었으니까. 하지만 일단 그 병에 걸리면 죽도록 아프다지, 아마?"

"렉스는 병에 안 걸렸어요. 먹을 것도 얼마나 잘 먹는다구요. 또 얼마나 똑똑한데요."

아빠는 뚫어져라 렉스를 쳐다보더니 렉스의 머리를 손가락으로 쓱쓱 쓰다듬어주었다. 가끔 내게 하는 것처럼 말이다.

"그래, 이 꼬마 녀석은 튼튼해 보이는구나."

렉스는 아빠 말을 알아들었는지 아빠의 손을 핥기 시작했다. 아빠도 렉스의 재롱에 기분이 좋아진 것 같았다.

"이 녀석 참 귀엽구나."

아빠는 다른 쪽 손을 내밀며 말했다.

"자, 손 이리 다오. 옳지, 손, 그렇지!"

렉스는 한쪽 발은 아빠에게 내밀고, 입으로는 아빠 손을 핥고, 또다른 발로는 귀를 긁적이느라 정신없이 바빴다. 아빠는 렉스가 하는 짓이 재미있었는지 허허, 하며 웃었다.

"좋아, 여기서 기다려. 아빠가 엄마랑 얘기를 해볼 테니까."

아빠는 집 안으로 들어갔다. 우리 아빠 최고! 아빠가 엄마와 렉스 문제를 결정하는 동안, 나는 한참 동안 렉스랑 장난치며 재미있게 놀았다. 갑자기 렉스가 뒷발로 벌떡 일어섰다. 하지만 내가 먹을 걸 주지 않자, 다시 귀를 긁적이기 시작했다. 아주 귀찮은 녀석이다!

아빠가 집에서 나왔다. 기분이 안 좋아 보였다. 아빠는 내 옆에 와서 앉더니, 손가락으로 내 머리를 쓱쓱 쓰다듬어주었다. 그리고는 엄마가 집에서 개 기르는 걸 원치 않는다고 말했다. 안락의자 사건이 결정적이었다는 말도 했다. 나는 울까 말까 망설이다가 한 가지 생각을 떠올렸다.

"집 안에서 못 기르면, 정원에서 기르면 되잖아요."

아빠는 잠깐 동안 골똘히 생각하더니 좋은 생각이라고 말했다. 밖에서 기르면 렉스가 물건을 망가뜨리는 일도 없을 거라면서 말이다. 아빠는 당장 렉스에게 집을 지어주겠다고 했다. 나는 아빠를 꼭 끌어안았다.

우리는 널빤지를 가지러 창고로 갔다. 아빠가 연장을 가져왔다. 그러는 동안 렉스는 베고니아꽃을 아작아작 씹어대기 시작했다. 거실에 있는 안락의자를 씹어놓았던 것에 비하면 문젯거리도 아니었다. 우리집에는 안락의자보다는 베고니아꽃이 더 많기 때문이다.

아빠는 창고에 쌓인 널빤지 더미를 뒤적거리며 쓸 만한 것을 골라내기 시작했다.

"잘 봐라. 내가 렉스한테 기막힌 집을 지어줄 테니까. 진짜 궁전 말야."

62

"저는 렉스한테 재주넘기랑 집 지키는 법을 가르쳐줄 거예요!"

"그래, 렉스를 잘 훈련시켜서 반갑지 않은 손님은 쫓아내버리자꾸나. 블레뒤르 아저씨 같은 사람 말야."

블레뒤르 씨는 우리 옆집 아저씨이다. 아빠랑 아저씨로 말할 것 같으면, 서로를 괴롭히는 재미로 사는 앙숙이다. 렉스랑 아빠랑 나는 정말 신이 났다!

하지만 아빠의 날카로운 비명 소리 때문에 즐거운 분위기는 곧 깨지고 말았다. 망치질을 하다가 그만 손가락을 찧었던 것이다. 아빠의 비명을 듣고 엄마가 정원으로 뛰어나왔다.

"두 사람 지금 뭐 하는 거예요?"

나는 또랑또랑한 목소리로 대답했다. 아빠와 나는 안락의자가 없는 정원에서 렉스를 기르기로 결정했다고 말이다. 아빠는 렉스에게 집을 지어주고, 나는 렉스에게 블레뒤르 아저씨를 물어 병을 옮기는 법을 가르쳐줄 거라고 했다. 아빠는 별말 하지 않고 다친 손가락만 쭉쭉 빨며 엄마를 멀뚱멀뚱하게 바라보았다. 엄마는 모두 다 못마땅해 했다.

"우리집 울타리 안에 이 짐승은 절대 못 들여. 이 녀석이 내 베고니아꽃에다 무슨 짓을 하고 있는지 좀 보라구!"

엄마의 카랑카랑한 목소리를 알아들었는지, 렉스는 반짝 고개를 들고는 꼬리를 살랑거리며 엄마한테 다가갔다. 그리고는 뒷발로 벌떡 일어섰다. 엄마는 한동안 렉스를 쳐다보다가 가만히 쭈그리고 앉아 렉스의 머리를 쓰다듬어주었다. 렉스는 엄마 손을 열심히 핥았다.

바로 그때 쾅쾅, 대문 두드리는 소리가 났다.

아빠가 가서 문을 열자 어떤 아저씨가 성큼성큼 들어왔다. 그 아저씨는 렉스를 보고는 이상한 이름으로 불렀다.

"키키! 여기 있었구나! 얼마나 찾아다녔는지 아냐!"

"어이, 이봐요, 뭘 찾고 있습니까?"

아빠가 물었다.

"뭘 찾느냐구요? 내 개를 찾고 있었소! 함께 산책 나온 사이에 이 녀석이 어디론가 슬며시 사라져버렸지 뭐요. 어느 꼬마가 이리로 키키를 데려가더라고 누가 말해주더군요."

"이 개는 키키가 아니라 렉스예요. 지난주 목요일 날 본 영화에서처럼 우리도 강도들을 잡을 거라구요. 우리 렉스를 잘 훈련시켜서 블레뒤르 아저씨도 곯려줄 거란 말이에요!"

그런데 렉스는 기분이 무척 좋아 보였다. 의리 없이 헤헤거리더니 풀쩍 뛰어올라 아저씨의 품에 냉큼 안겼다.

"이 개가 당신 거라는 증거라도 있어요? 이 개는 길 잃은 개란 말이오!"

아빠가 말했다.

"이 목걸이가 증거요. 키키 목에 걸린 이 목걸이에 뭐라고 쓰여 있는지 봤소? 바로 내 이름이오, 내 이름! 쥘 조제프 트랑페. 봐요, 내 주소도 함께 쓰여 있잖소. 당신, 나한테 고소당하고 싶어! 아이구, 우리 불쌍한 키키!"

아저씨는 말할 틈도 안 주고 혼자서 떠들더니, 렉스를 안고 훌쩍 가버렸다.

우리는 너무 놀라, 한동안 멍청하게 그냥 서 있었다.

잠시 후 엄마가 훌쩍거리기 시작했다. 아빠는 엄마를 달래며, 다음에 다른 개를 꼭 데려오겠다고 굳게 약속했다.

드조드조

우리 반에 어떤 애가 전학을 왔다. 오후에 선생님이 그애를 교실로 데리고 왔는데, 빨간 머리에 주근깨 범벅에다가 눈은 새파랬다. 어제 쉬는 시간에 내가 구슬치기 하다가 잃은 구슬처럼 말이다. 그건 맥상이 속임수를 써서 나한테서 빼앗아간 거였다.

"얘들아, 너희들에게 새 친구를 소개할게. 다른 나라에서 온 친구란다. 우리말을 배우게 하려고 이 친구 부모님이 우리 학교에 보내신 거야. 너희들이 선생님을 도와서, 새 친구가 잘 적응할 수 있도록 친절하게 대해줄 거라 믿는다."

선생님이 새로 온 애를 돌아보며 말했다.

"친구들에게 네 이름을 말해주려무나."

하지만 그애는 선생님 말을 못 알아들었는지 씩 웃기만 했다. 녀석의 입술 사이로 괴물 같은 이빨들이 슬쩍 보였다.

"행운아야, 저런 이빨만 있으면 뭐든지 씹어먹을 수 있을 거라구!"

항상 먹어대는 뚱보 알세스트가 말했다.

새로 온 아이가 아무 말도 않고 있자, 선생님이 직접 그애 이름을 알려주었다. 조지 맥킨토시라고 했다.

"예스, 드조지."

그애가 말했다.

"선생님, 쟤가 뭐라고 하는지 못 알아듣겠어요. 조르주라는 거예요, 드조지라는 거예요?"

맥상이 물었다.

선생님은, 우리나라 말로는 조르주이지만 걔네 나라 말로는 드조지라고 발음한다고 설명해주었다.

"그럼, 우리는 조조*라고 부르자."

맥상이 말하자, 조아생이 끼어들었다.

"아냐, 드조드조라고 불러야 해."

---

* 미국 만화의 주인공 이름으로, '망나니 아이'를 지칭하는 별명으로 쓰인다. (옮긴이)

"드조아생, 넌 가만 있어."

맥상이 반박했다. 선생님이 티격태격하는 조아생과 맥상을 벌세웠다.

선생님은 드조드조를 아냥 옆에 앉게 했다. 아냥은 드조드조를 경계하는 눈치였다. 아냥은 누가 새로 전학 오는 걸 싫어한다. 왜냐하면, 아냥은 우리 반 일등이고 선생님의 귀염둥이인데 새로 오는 애한테 그 자리를 빼앗길지도 모르기 때문이다. 하지만 우리한테는 마음이 푹 놓이는 모양이다.

드조드조는 괴물 같은 이빨이 다 보이도록 입을 헤 벌리고 웃으며 자리에 가 앉았다.

"조르주가 쓰는 말을 아무도 할 줄 몰라 유감이구나."

선생님이 말했다.

"제가 영어의 기초는 잘 다져두었어요."

아냥이 잘난 척을 하고 나섰다. 아무렴, 아냥은 자기가 영어를 잘한다고 말해야 직성이 풀릴 녀석이니까. 아냥은 드조드조에게 자기 영어 실력을 맘껏 펼쳐 보였다. 하지만 드조드조는 멀뚱멀뚱하게 쳐다보고만 있었다. 그러더니 갑자기 웃음을 터뜨리며 손가락으로 자기 이마를 두드렸다. 아냥은 잔뜩 화를 냈다. 드조드조가 그럴 만도 했다. 나중에 알게 되었는데, 아냥은 자기네 재단사 아저씨는 부자라는 말과, 자기 삼촌네 집 정원은 숙모 모자보다 훨씬 크다는 말을 영어로 줄줄이 늘어놓았던 거다. 아냥은 정말 바보다!

쉬는 시간 종소리가 울리자마자 우리는 모두 밖으로 몰려나갔다. 벌을 받고 있던 조아생과 맥상, 클로테르만 빼고. 우리 반 꼴찌인 클로테르는 수업 시간에 뭘 배웠는지 하나도 모른다. 그러니 일단 질문을 받았다 하면, 쉬는 시간은 없는 거다. 벌을 서야 하니까 말이다.

운동장으로 우르르 몰려나간 우리는 드조드조를 빙 둘러쌌다. 너나 할 것 없이 드조드조에게 질문을 퍼부어댔지만, 드조드조는 괴물 같은 누런 이빨만 드러내 보일 뿐이었다. 뭐라고 말을 하는 것 같았지만, 한마디도 알아들을 수 없었다.

"우앵슈앵슈앵."

그애가 한 말은 이게 다였다.

"왜, 그 방법이 있잖아, 자기네 나라 말로 말하게 하고, 대신 자막 넣는 거 말야."

영화관에 자주 가는 조프루아가 말했다.

"내가 통역해줄 수 있는데."

또 한번 영어 실력 발휘의 기회를 노리던 아냥이 말했다.

"말도 안 돼. 이 바보야!"

뤼퓌스가 말했다.

드조드조는 그 말이 마음에 쏙 들었는지, 손가락으로 아냥을 가리키며 연거푸 외쳐댔다.

"오! 바보바보바보!"

드조드조는 무척 신이 나는 모양이었다. 아냥은 울면서 뛰어가버렸다. 아냥은 툭하면 운다.

우리는 차츰 드조드조가 꽤 멋진 녀석이라는 생각이 들기 시작했다. 나는 쉬는 시간에 먹으려고 아껴둔 초콜릿 한 조각을 드조드조에게 주었다.

"너희 나라에서는 주로 어떤 운동경기를 하니?"

외드가 물었다. 아무것도 못 알아들은 드조드조는 "바보바보바보" 소리만 되풀이했다. 조프루아가 아는 척하며 나섰다.

"그것도 질문이라고 하냐? 쟤네 나라에서는 테니스를 친다구!"

"야, 어릿광대, 너한테 물은 거 아니야!"

외드가 발끈해서 소리치자, 드조드조도 덩달아 "어릿광대! 바보바보!" 하고 소리쳤다. 드조드조는 우리랑 함께 노는 게 무척 신나는 모양이었다.

하지만 조프루아는 외드의 말에 기분이 상한 것 같았다.

"누가 어릿광대야?"

조프루아가 외드에게 물었다. 하지만 그건 조프루아의 실수였다. 외드는 힘만 센 게 아니라 아예 코피 터뜨리는 걸 즐기는 녀석이기 때문이다. 외드의 주먹이 조프루아에게 날아갔다.

그걸 본 드조드조는 "바보바보" "어릿광대" 하던 소리를 뚝 멈추었다. 그리고는 외드를 쳐다보더니, "권투? 좋지!" 하고 말했다.

드조드조는 두 주먹으로 얼굴을 가리고 춤추듯 외드 주변을 빙빙 돌기 시작했다. 텔레비전에서 보았던 권투 선수하고 똑같았다.

"쟤, 왜 저래?"

외드가 물었다. 옆에서 코를 비비고 있던 조프루아가 대답했다.

"너랑 권투하고 싶은가 봐, 이 못된 덩치야!"

"좋아!"

외드는 갖은 폼을 다 잡으며 드조드조와 권투를 하기 시작했다. 하지만 드조드조의 권투 실력이 훨씬 좋았다. 요리조리 잘도 피했다. 드조드조에게 몇 차례 일방적으로 얻어맞은 외드는 슬슬 화를 내기 시작했다.

"저렇게 코를 가리고 있는데, 어떻게 때리냐?"

외드가 이렇게 외치는데, 갑자기 '퍽' 하는 소리가 들렸다. 드조드조가 날린 마지막 일격이었다. 외드는 땅바닥에 주저앉았다. 하지만 외드는 화내지 않고 툭툭 털고 일어서면서 "짜식, 센데!" 하고 말했다.

"센데, 바보, 어릿광대!"

드조드조의 대답이었다. 엄청 빨리 배우는 애였다.

쉬는 시간이 끝났다. 늘 그렇듯이 알세스트는 투덜거렸다. 집에서 가져온, 버터를 듬뿍 바른 빵 네 조각 먹을 시간도 안 준다고 말이다.

우리가 교실로 들어가자, 선생님은 드조드조에게 쉬는 시간 동안 재미있었냐고 물었다.

"선생님, 쟤네들이 드조드조한테 순 욕만 가르쳐줬대요!"

아냥이 일어나서 말했다.

"아냐, 치사한 거짓말쟁이!"

쉬는 시간에 교실 밖으로 나가지도 않았던 클로테르가 소리쳤다. 그러자 드조드조가 아주 자랑스럽다는 듯이 "바보, 어릿광대, 치사한 거짓말쟁이"라고 말했다.

우리는 아무 말도 하지 않았다. 선생님 얼굴이 일그러졌기 때문이다.

"창피한 줄 알아라. 우리말 할 줄 모르는 친구를 놀리기나 하고 말야! 잘 대해주라고 선생님이 말했잖니. 도대체가 너희들은 믿을 수가 없구나! 못되게 자란 야만인들처럼 그게 뭐니!"

"바보, 어릿광대, 치사한 거짓말쟁이, 야만인, 못됐어."

드조드조는 부지런히 따라했다. 하나하나 아는 게 늘어날수록 점점 더 신이 나는 모양이었다.

선생님은 눈을 동그랗게 뜨고 드조드조를 쳐다보았다.

"조지, 그런 말 하면 못써!"

"그것 보세요, 선생님. 제 말이 맞죠?"

아냥이 또 끼어들었다.

"아냥, 수업 끝나고 남기 싫으면 너부터 반성해!"

선생님의 무서운 목소리에 아냥이 울음을 터뜨렸다.

"치사한 고자질쟁이!"

누군가가 소리쳤다. 하지만 선생님은 누구 목소리인지 눈치 채지 못했다. 안 그랬으면 내가 벌을 받았을지도 모른다. 아냥은 교실 바닥을 데굴데굴 구르면서, 아무에게도 인기가 없는 건 정말 끔찍한 일이라며 죽어버리겠다고 소리쳤다. 선생님이 아냥을 데리고 나가 얼굴을 씻기고 달래주어야 했다.

아냥과 함께 교실로 돌아온 선생님 얼굴이 지쳐 보였다. 하지만 다행히도 그때 수업이 끝나는 종이 울렸다. 교실을 나가기 전에 선생님은 드조드조를 보며 "오늘 있었던 일을 네 부모님이 들으시면 뭐라고 하실지 궁금하구나"라고 말했다.

그러자 드조드조는 한쪽 손을 내밀며 이렇게 대답했다.

"치사한 고자질쟁이."

선생님은 걱정을 했지만, 그건 쓸데없는 걱정이다. 드조드조네 엄마 아빠는 녀석이 꼭 필요한 우리말은 다 배웠다고 생각할 게 틀림없기 때문이다.

증거도 있다. 그날 이후 드조드조가 두 번 다시 학교에 나오지 않은 것 말이다.

멋진 꽃다발

엄마의 생일이다. 난 매년 그랬던 것처럼 엄마한테 선물을 하기로 마음먹었다. 매년이라고 했지만 사실은 작년부터를 말하는 거다. 그 전엔 내가 너무 어렸으니까. 저금통에 들어 있는 동전들을 털어내보니 꽤 많았다. 우연히도 바로 어제 엄마가 돈을 주었기 때문이다. 참 다행이다. 엄마한테 뭘 선물해야 할지는 알고 있었다. 거실에 있는 커다란 파란색 꽃병에 꽃을 엄청나게 큰 꽃다발을 사면 된다.

학교 끝나고 선물 사러 갈 생각에 오전 내내 엉덩이가 들썩거려졌다. 돈을 잃어버리지 않으려고 손에 꼭 쥔 채 바지 주머니에 넣었다. 내내 그러고 있었다. 쉬는 시간에 축구 할 때도 말이다. 난 골키퍼가 아니기 때문에 주머니에 손을 넣고 있어도 별 문제가 되지 않았다. 골키퍼는 먹보에다 뚱보인 알세스트였다.

"왜 주머니에 손을 넣고 뛰어?"

알세스트가 묻길래, 엄마한테 줄 꽃을 사야 하기 때문이라고 설명해줬다. 그랬더니 알세스트는, 자기 같으면 과자나 사탕, 순대 같은 걸 받고 싶을 거라고 했다. 하지만 알세스트한테 줄 선물이 아니기 때문에 나는 신경 쓰지 않았다. 대신 내가 녀석한테 한 골 먹여서, 우리 팀이 4 대 3으로 이겼다.

학교를 마치고 알세스트와 같이 꽃가게에 갔다. 알세스트는 문법 시간에 먹다가 반쯤 남겨둔 초콜릿빵을 마저 먹으면서 따라왔다. 꽃가게에 들어간 나는 돈을 전부 계산대 위에 쏟아놓은 후, 가게 아줌마에게 엄마한테 선물할 거니까 엄청나게 큰 꽃다발을 만들어달라고 말했다. 베고니아꽃은 빼달라는 말도 잊지 않았다. 베고니아꽃은 우리 정원에도 넘쳐나기 때문에 군이 살 필요가 없다.

"제일 예쁜 꽃으로 주세요."

알세스트가 말했다. 그리고는 향기가 좋은지 맡아보려고 진열대에 놓인 꽃들에 코를 갖다 댔다. 아줌마는 내가 쏟아놓은 동전들을 세어보더니 꽃을 많이, 아주아주 많이 사기에는 좀 부족하다고 말했다. 어쩔 줄 몰라하는 나를 물끄러미 바라보던 아줌마는 잠깐 생각하더니, 너무 귀엽다며 내 머리를 톡톡 쳤다. 아줌마는 자기가 이 문제를 해결해주겠다며 이쪽저쪽에서 꽃들을 골라내고, 초록색 잎사귀들도 한 무더기 집어들었다. 알세스트는 그 초록색 잎사귀들을 마음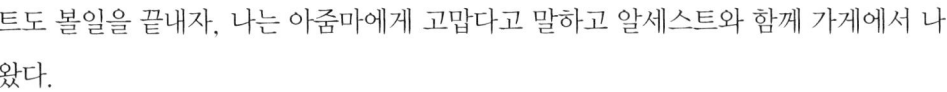
에 들어했다. 고기 야채 스튜에 넣는 야채랑 똑같이 생겼
다면서 말이다. 꽃다발은 굉장히 근사했고, 또 엄청 컸
다. 아줌마는 빤딱빤딱 소리가 나는 투명 종이로 멋지
게 포장을 해주며, 조심해서 들고 가라고 했다. 꽃다발
도 다 되고, 여기저기 킁킁거리며 꽃향기를 맡던 알세스
트도 볼일을 끝내자, 나는 아줌마에게 고맙다고 말하고 알세스트와 함께 가게에서 나
왔다.

멋진 꽃다발을 들고 알세스트와 함께 싱글벙글거리며 걸어가다가 학교 친구들 셋,
그러니까 조프루아, 클로테르, 뤼퓌스를 만났다.

"니콜라 좀 봐, 저렇게 꽃을 들고 있으니까 꼭 바보 같다!"

조프루아가 말했다.

나는 "내가 지금 꽃을 들고 있는 게 다행인 줄 알아. 이 꽃만 아니었으면, 넌 따귀감
이라구!"라고 해주었다.

"꽃 이리 줘. 네가 조프루아 따귀 때릴 동안 내가 들어줄게."

알세스트가 말했다.

알세스트의 말을 듣고 내가 꽃다발을 맡기려고 하는데, 조프루아가 내 뺨을 때렸다.
우리는 엉겨붙어 싸웠다. 얼마간 치고받다가, 내가 "늦었어. 집에 가자" 하고 말했고,
우리의 싸움도 끝났다. 하지만 그 자리에 좀더 남아 있어야 했다. 클로테르가 "알세스

80

트 좀 봐, 쟤도 똑같아. 꽃 들고 있으니까 얼간이 바보 같잖아!" 하고 말했기 때문이었다. 화가 난 알세스트는 손에 들고 있던 꽃다발로 클로테르의 머리통을 힘껏 후려쳤다.

"내 꽃! 내 꽃다발 다 망가지잖아!"

아무리 소리쳐도 소용없었다. 정말이었다. 알세스트는 내 꽃다발을 정신없이 휘둘러댔고, 포장이 찢겨져나간 꽃들은 사방팔방으로 흩어져 날렸다. 그리고 클로테르는 "하나도 안 아파. 하나도 안 아프다구!"라고 말하며 알세스트를 약올리고 있었다.

알세스트가 꽃다발 휘두르던 걸 멈춘 후 클로테르의 머리를 보니, 꽃다발에서 빠져나온 초록색 잎사귀들이 수북이 쌓여 있었다. 그리고 보니 정말 고기 야채 스튜랑 똑같았다. "너희들 정말 못됐어." 나는 땅에 떨어진 꽃들을 주우면서 친구들에게 말했다. "맞아, 너희들이 니콜라 꽃다발을 망가뜨린 건 정말 잘못한 거야!" 뤼퓌스가 말했다. "넌 빠져!" 조프루아가 나섰다. 이번엔 뤼퓌스와 조프루아의 따귀 싸움이 벌어졌다.

그러는 동안 알세스트는 고기 야채 스튜처럼 되어버린 클로테르 머리 때문에 배가 고파졌는지, 저녁을 먹는다고 슬그머니 집으로 가버렸다.

나도 꽃다발을 들고 집으로 향했다. 야채도 없고 빤딱거리는 종이도 없었지만,

그래도 그런 대로 멋졌다. 한참 길을 걷다가 외드와 마주쳤다.

"나랑 구슬치기 할래?"

외드가 말했다. 하지만 나는 고개를 저었다.

"안 돼, 집에 가서 엄마한테 이 꽃다발 드려야 돼."

외드는 아직 시간이 이르지 않냐며 계속 졸랐다. 사실 난 구슬치기를 무척 좋아한다. 아니, 좋아하는 정도가 아니라 구슬치기 왕이다. 겨누기만 하면 다 맞춘다! 거의 매일 이긴다.

난 꽃다발을 길 위에 살짝 내려놓고 외드와 구슬치기 시합을 시작했다. 외드랑 같이 구슬치기를 하면 정말 재미있다. 항상 내가 이기니까 말이다. 하지만 골치 아픈 문제가 없는 건 아니다. 외드는 자기가 지면 심통을 부리니까.

외드가 내가 속임수를 쓴 거라고 말도 안 되는 소리를 해서 "이 거짓말쟁이!" 하고 톡 쏘아주었다. 그러자 외드가 나를 툭 밀었고, 그 바람에 나는 그만 꽃다발 위에 주저앉고 말았다. 꽃들에겐 정말 안된 일이었다.

"네가 이 꽃 망가뜨렸다고 우리 엄마한테 이를 거야."

내 말에 겁을 먹은 외드는 어쩔 줄 몰라하며 떨어진 꽃들 중에서 덜 망가진 것들을 골라내는 걸 도와주었다. 난 외드가 참 좋다. 외드는 정말 좋은 친구다.

나는 다시 걷기 시작했다. 꽃다발은 이제 그렇게 크지는 않았지만 그래도 꽃들이 몇 송이 남아 있었다. 괜찮았다. 한 송이는 좀 찌그러져 있었지만, 다른 두 송이는 멀쩡했으니까. 그때 우리 반 친구 조아생이 자전거를 타고 오는 게 보였다.

조아생이 다가오는 걸 보면서 난 이제 더이상 안 싸우겠다고 마음먹었다. 길에서 친구들을 만날 때마다 계속 싸우다간 엄마한테 줄 꽃이 한 송이도 안 남아날 테니 말이다. 어쨌든 내가 엄마한테 꽃을 선물하는 건 친구들하고는 아무 상관 없는 일이다. 그건 내 권리이다. 그리고 내가 보기엔 아무래도 녀석들이 질투를 하고 있는 것 같다. 내가 꽃을 갖다 주면 우리 엄마가 매우 기뻐하며 나에게 맛있는 디저트도 주고 착하다고 칭찬도 해줄 테니 말이다.

"안녕, 니콜라!"

조아생이 이렇게 말했지만, 나는 왠지 화가 나서 다짜고짜 소리쳤다.

"내 꽃다발이 왜 이러냐구? 이 얼간아!"

조아생이 자전거를 세우더니, 동그래진 눈으로 나를 쳐다보며 물었다.

"무슨 꽃다발?"

"이거 말야, 이거!"

나는 조아생의 얼굴에 꽃다발을 집어던졌다. 조아생은 꽃다발이 자기 얼굴로 날아들 거라고는 전혀 생각하지 못한 것 같았다. 그렇게 날아든 꽃다발이 조아생 마음에 들 리가 없었다. 조아생도 꽃다발을 주워들고는 힘껏 내던졌다. 그런데 하필이면 그게 마침 우리 곁을 지나가던 자동차 지붕 위에 떨어졌다. 자동차는 꽃다발을 지붕에 얹은 채 멀리 달려갔다.

"내 꽃! 엄마한테 줄 꽃인데!"

내가 울부짖자 조아생이 말했다.

"걱정 마, 내가 자전거로 따라가볼게!"

조아생은 참 착한 친구다. 조아생은 이다음에 크면 '전국 자전거 달리기 대회'에 나가려고 벌써부터 준비를 하고 있다. 하지만 오르막길에서는 빨리 달릴 수가 없었다. 조아생이 다시 돌아와서는 고갯마루에서 자동차를 놓쳐버렸다고 했다. 대신 자동차 지붕에서 미끄러져 떨어진 꽃 한 송이를 주워다 주었다. 하필이면 찌그러진 꽃이었다.

조아생은 내리막길을 달려서 횡하니 자기네 집으로 가버렸고, 나는 걸레 조각이 되어버린 꽃을 들고 터덜터덜 집으로 돌아왔다. 목이 콱 메었다. 빵점짜리 성적표를 가지고 집에 왔을 때처럼 말이다.

"생일 축하해요, 엄마."

문을 열고 들어가면서 이렇게 말하다가 나는 그만 울음을 터뜨리고 말았다. 엄마는

꽃을 보고 좀 놀란 표정이었다. 하지만 엄마는 나를 꼬옥 안아주며 내 볼이 마르고 닳도록 뽀뽀를 해주었다. 엄마는 이렇게 멋진 꽃다발은 처음 받아본다며 거실에 있는 커다란 파란색 꽃병에 꽂았다.

누가 뭐라든 우리 엄마는 정말 최고다!

성적표

오늘은 학교에서 하나도 즐겁지 않았다. 오후에 교장 선생님이 우리 반에 와서 한 사람 한 사람 성적표를 나누어주었기 때문이다. 우리들 성적표를 팔에 안고 들어온 교장 선생님은 기분이 안 좋아 보였다.

"내가 오랫동안 교직에 몸담아왔지만, 이렇게 주의가 산만한 반은 처음 봐요. 담임 선생님이 여러분 성적표에 적어주신 의견이 그걸 증명해주고 있지요. 자, 이제 성적표를 나눠주겠어요."

클로테르가 훌쩍거리며 울기 시작했다. 우리 반 꼴찌인 클로테르의 성적표에는 매달 선생님이 뭐라고 뭐라고 써준 글씨가 빼곡하게 적혀 있다. 클로테르네 엄마 아빠는 그걸 읽고 나면 얼굴이 험악해져서 맛있는 후식을 못 먹게 하는 건 물론이고 텔레비전도 못 보게 한다고 한다. 이제 자기네 엄마 아빠는 이런 일에 너무나 익숙해져서 성적표 나눠주는 날이 되면 엄마는 아예 후식을 안 만들고 아빠는 옆집으로 텔레비전을 보러 간다는 거였다.

내 성적표에는 이렇게 쓰여 있었다.

'부산스럽고 종종 주의가 산만해지는 학생. 점차 나아질 것임.'

외드의 성적표엔 '산만한 학생. 친구들과 자주 다툼. 차츰 나아질 것임'이라고 쓰여 있었고, 뤼퓌스의 성적표엔 '수업 시간에 호루라기를 불다가 수없이 압수당하고도 끈질기게 불어댐. 조금씩 나아질 것임', 이렇게 쓰여 있었다.

나아질 게 아무것도 없는 건 아냥뿐이었다. 우리 반 일등에다 선생님의 귀염둥이인 아냥 말이다. 교장 선생님은 우리에게 아냥의 성적표를 읽어주었다.

'열심히 공부하는 똑똑한 학생.'

교장 선생님은 우리에게 아냥을 본받으라고 말했다. 우리 같은 악동들은 감옥에나 가게 될 텐데, 그건 우리에게 많은 기대를 갖고 있는 엄마 아빠 들한테는 큰 고통이 될 것이라는 말도 했다. 이 말을 남기고 교장 선생님은 교실을 나갔다.

우리는 무척 난감했다. 성적표에 아빠 사인을 받아와야 하는데, 언제나 그렇듯이 그건 즐거운 일이 아니기 때문이다. 그때 수업 끝나는 종이 울렸다. 우리는 늘 하던 대로 모두 문 쪽으로 몰려가 이리 밀치고 저리 밀치면서 책가방을 집어 던지지 않고, 조용히 입을 다문 채 교실을 나갔다. 담임 선생님도 우울한 얼굴이었다. 하지만 우린 선생님을 원망하지 않는다. 솔직히 이번 달엔 우리 장난이 좀 지나쳤다. 조프루아는, 외드한테 코를 얻어맞고 얼굴을 찡그리며 넘어지던 조아생의 얼굴에 잉크를 엎지르지 말았어야 했다. 그리고 외드의 머리카락을 잡아당긴 건 조아생이 아니라 뤼퓌스였다.

우리는 다리를 질질 끌며 천천히 걸어갔다. 그리고 빵집 앞에 서서 알세스트를 기다렸다. 초콜릿빵 여섯 개를 사러 들어간 알세스트는 빵을 입 안에 우겨넣고 우물거리면서 밖으로 나왔다. 알세스트가 우울한 목소리로 말했다.

"몇 개는 남겨둬야 돼. 오늘밤 후식 대신 먹게……."

알세스트는 빵을 씹으면서 푸우, 하고 크게 한숨을 내쉬었다. 알세스트의 성적표엔 이렇게 쓰여 있었다는 걸 말해둬야겠다.

'이 학생이 먹는 데 쏟는 열성을 학업에 쏟는다면 반에서 일등을 할 것임. 점차 향상될 가망이 있음.'

그나마 가장 괜찮은 얼굴을 하고 있는 건 외드였다.

"난 하나도 겁 안 나. 우리 아빠는 나한테 아무 말도 안 하거든. 내가 아빠 눈을 똑바로 쳐다보기만 하면 아빠는 성적표에 사인을 해줘. 그걸로 땡이야!"

외드는 정말 운 좋은 녀석이다. 우리는 골목 앞까지 와서 각자 제 갈 길로 헤어졌다. 클로테르는 울면서, 알세스트는 우물우물 먹어대면서, 뤼퓌스는 아주 작은 소리로 호루라기를 불면서 갔다.

나는 외드와 함께 그 자리에 남았다. 외드가 말했다.

"너, 집에 가기 무서우면, 해결은 간단해. 우리집에 가서 자는 거야."

외드는 진짜 친구다. 함께 집까지 걸어가면서 외드는 아빠의 눈을 똑바로 쳐다보는 방법을 가르쳐주었다. 하지만 집이 가까워질수록 외드의 말수도 점점 줄어들었다. 드디어 집 현관문 앞에 도착하자, 외드는 입을 꾹 다물었다. 우리는 한동안 그렇게 가만히 서 있었다.

"들어갈까?"

내가 먼저 입을 열었다.

"잠깐만 기다리고 있어. 금방 데리러 나올게."

외드는 이렇게 말하고는 머리를 긁적이며 집 안으로 들어갔다. 반쯤 열린 문틈으로 쾅, 하는 소리가 들리더니 거친 목소리가 튀어나왔다.

"후식이고 뭐고 없으니, 어서 가서 엎어져 자! 이 아무짝에도 쓸모없는 놈 같으니!"

그 다음엔 외드의 울음소리가 들려왔다. 아마도 자기 아빠 눈을 제대로 쳐다보지 못했던 모양이다.

제일 골치 아픈 일이 하나 남아 있었다. 이젠 내가 집으로 가야 할 차례라는 것이다.

나는 보도 블록이 깔린 길 위에 난 금들을 밟지 않으려고 요리조리 피하면서 걷기 시작했다. 아주 천천히 걷고 있었기 때문에 금을 피해 걷는 건 식은 죽 먹기였다. 아빠가 뭐라고 할지는 뻔했다. 아빤 항상 일등이었다, 할아버지는 아빠를 너무나 자랑스러워하셨다, 학교에서 주는 상장과 메달은 모조리 휩쓸어왔다, 너한테 보여주고 싶지만 결혼해서 이사하다가 몽땅 다 잃어버렸다 등등. 너무 뻔했다. 또 아빠는 네가 아무것도 못 되고 가난한 사람이 되어버리면, 사람들이 "쟤가 바로 공부를 지지리도 못하던 그 니콜라야" 하며 손가락질하고 자기들끼리 키득거릴 거라고 말할 거다. 그리고 나서는 너를 잘 교육시키고 평생을 탄탄하게 보장해주기 위해 피나는 노력을 했는데, 너는 그런 은혜도 모르며, 엄마 아빠한테 걱정을 끼치고도 전혀 괴로워하지 않는 배은망덕한 놈이라는 얘기도 할 거다. 그 다음에 내게 남는 건, 후식은 없다는 것과 다음 성적표를 받을 때까지 영화 보는 것도 금지라는 엄명일 것이다.

이게 바로 우리 아빠가 지난달에도 했고 앞으로도 늘어놓을 잔소리의 전부다. 하지

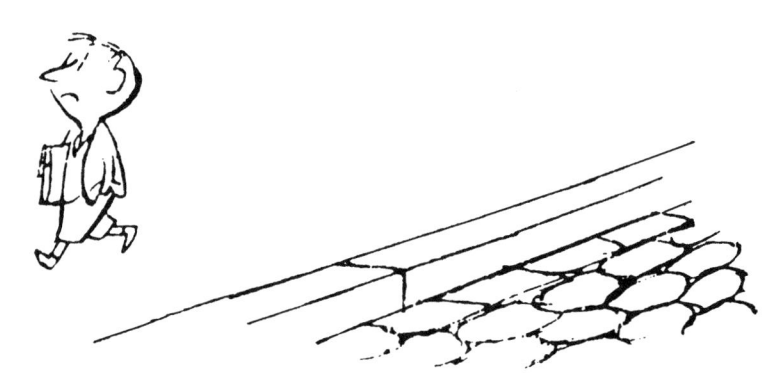

만 난 정말 지긋지긋하다. 너무나 불행하니 집을 나가 아주 먼 곳으로 떠나겠다고 아빠한테 말할 거다. 그러면 나를 몹시 그리워하게 되겠지. 그리고 몇 년이 지난 후에 집으로 돌아오는 거다. 아주 부자가 되어서 말이다. 그러면 아빠는 내가 아무것도 되지 못할 거라고 말했던 걸 부끄럽게 생각하겠지. 사람들은 감히 내게 손가락질하며 놀리지 못할 테고, 나는 내 돈으로 엄마 아빠를 극장에 데려갈 거다. 그러면 사람들은 나를 보고 이렇게 말하겠지.

"저기 좀 봐. 니콜라가 아주 부자가 돼서 오더니 영화관을 통째로 세내서 엄마 아빠한테 영화 구경을 시켜주는구나. 맨날 구박만 하던 부모였는데도 말야."

그땐 담임 선생님과 교장 선생님도 극장에 데려가야지.

이런 생각을 하다 보니, 어느새 우리집 문 앞이었다.

이런 멋진 생각을 하느라 성적표는 까맣게 잊어버리고 나도 모르게 성큼성큼 걸었던 거다. 목이 메어왔다. 이 길로 곧장 집을 나가 몇 년 있다가 돌아오는 게 낫지 않을까 하는 생각이 들었지만 금세 눈앞이 캄캄해지기 시작했다. 엄마는 내가 어두워지도록 밖에 있는 걸 좋아하지 않는다. 나는 집 안으로 들어갔다.

거실에서는 엄마와 아빠가 얘기중이었다. 아빠 앞에 있는 책상 위에 종이 조각들이 산더미처럼 쌓여 있었고, 아빠는 기분이 별로 안 좋아 보였다.

"세상에 말도 안 돼. 이 집 하나 꾸리는 데 이렇게 돈이 많이 들다니. 당신은 내가 백만장자인 줄 알아! 이 영수증들 좀 보라구! 정육점 영수증! 식료품 영수증! 돈은 내가 버는데 말야!"

얼굴이 붉으락푸르락해진 엄마는 요즘 물가가 어떤지 아빠가 전혀 모른다며, 언제 한번 같이 시장에 가봐야 알 거라고 했다. 그러다가 엄마는 나를 흘끗 쳐다보더니, 계속 그러면 외할머니 집으로 가버릴 거라며, 아이 앞이니까 더이상 싸우지 말자고 했다.

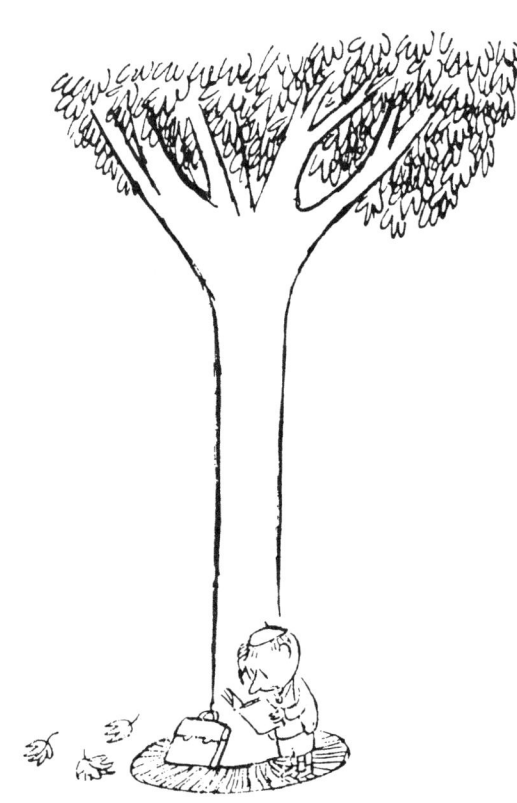

나는 아빠 앞으로 성적표를 들이밀었다. 아빠는 성적표를 펴서 쓱싹 사인을 하고는 나한테 다시 돌려주며 말했다.

"애가 배울 게 하나도 없어. 어디 한번 물어보자구. 양고기가 뭐 그렇게 비싼 거야? 어디 설명을 좀 해봐!"

"니콜라, 넌 네 방 가서 놀아라."

엄마가 말했다.

"그래, 어서 가."

아빠가 말했다.

난 내 방으로 올라가 침대에 누웠다. 갑자기 눈물이 쏟아졌다.

엄마 아빠가 정말로 날 사랑한다면, 나에게 눈곱만큼이라도 관심을 가질 텐데!

루이제트

엄마 친구가 딸을 데리고 우리집에 차 마시러 올 거라는 엄마 말에 난 기분이 안 좋았다. 난 여자애들이 싫다. 여자애들은 정말 바보 같다. 인형이나 소꿉장난말고는 놀 줄 아는 것도 없고 맨날 울기만 한다. 물론 나도 가끔 울기는 한다. 하지만 그건 그럴 만한 일이 있기 때문에 우는 거다. 지난번 거실에 있던 꽃병을 깼을 때가 그랬다. 아빠는 나를 야단쳤지만 난 정말 억울했다. 일부러 깨려고 한 게 아니었으니까 말이다. 게다가 깨진 꽃병은 별로 예쁜 것도 아니었다. 내가 집 안에서 공놀이 하는 걸 아빠가 싫어한다는 건 잘 알지만, 그날은 밖에 비가 내리고 있어서 나가서 놀 수도 없었다.

"루이제트한테 잘해줘라. 아주 예쁜 애란다. 네가 예의 바른 아이라는 걸 그애한테 보여줬으면 좋겠구나."

남들한테 나를 잘 보이고 싶을 때면 엄마는 나한테 파란 양복과 하얀 셔츠를 입힌다. 하지만 난 그걸 입으면 우스꽝스런 인형처럼 보이는 것 같아 싫다. 친구들하고 극장에 가서 카우보이 영화를 보고 싶다고 말했더니, 엄마는 눈을 찡긋하며 무서운 얼굴을 했다.

"그리고 제발 부탁인데, 그애 때리면 안 돼. 그러면 엄마가 혼내줄 거야. 알았니?"

오후 네시에 엄마 친구가 딸을 데리고 우리집에 왔다. 엄마 친구는 나를 꼭 끌어안고는 "많이 컸네" 했다. 엄마 친구들이 하는 말은 다 똑같다.

"얘는 루이제트란다."

아줌마가 나한테 딸을 소개했다.

루이제트와 나는 서로 멀뚱멀뚱 쳐다보기만 했다. 두 갈래로 땋은 금발 머리에, 눈동자가 파랗고 코가 오똑한 루이제트는 빨간색 원피스를 입고 있었다. 우리는 손가락 끝으로만 재빨리 악수를 했다. 엄마가 차를 내왔다. 차 마시는 시간은 참 좋았다. 손님이 차를 마시러 오면 초콜릿 과자도 함께 딸려 나오는데, 그럴 땐 두 개를 먹어도 엄마가 아무 말도 하지 않기 때문이다. 과자를 먹는 동안 루이제트와 나는 한마디도 하지 않았다. 줄기차게 먹기만 하고 서로 쳐다보지도 않았다. 우리가 과자를 다 먹고 나자 엄마가 말했다.

"자, 애들아, 이제 너희들은 가서 놀아라. 니콜라, 루이제트에게 네 방을 구경시켜주렴. 장난감들도 보여주고."

엄마는 함빡 미소를 지은 뒤에, 찡긋 눈짓을 해 보였는데 '말썽 피우면 알아서 해' 하고 말하는 듯한 험악한 눈빛이었다. 나는 루이제트를 데리고 내 방으로 갔다. 하지만 그애한테 무슨 얘기를 해야 할지 몰라 가만히 서 있었다. 루이제트가 입을 열었다.

"너, 꼭 원숭이 같아."

그 말에 기분이 나빠 나도 한마디 해주었다.

"그러는 넌 계집애인 주제에!"

그러자 루이제트가 내 따귀를 때렸다. 목구멍까지 울음이 차올랐지만 꾹 참았다. 내가 잘 자란 아이처럼 보이는 게 엄마의 소원이기 때문이다. 대신 루이제트의 머리를 쭉 잡아당겼다. 그러자 그애가 내 발목을 힘껏 걷어찼다. 너무 아파서 "아야, 아야" 하는 소리가 저절로 나왔다. 이번엔 내 차례다 싶어 뺨을 때리려는데, 루이제트가 갑자기 "참, 네 장난감 보여줄래?"라고 말하는 바람에 나는 들고 있던 손을 내려야 했다.

내 건 남자애들이 갖고 노는 장난감이라고 말하려는데, 루이제트가 내 곰 인형을 쳐다보고 있었다. 언젠가 내가 아빠 면도기로 털을 밀다가 면도기가 잘 안 들어서 반만 밀고 내버려둔 곰 인형이었다.

"너 인형도 갖고 노니?"

루이제트가 깔깔대며 웃기 시작했다. 내가 화가 나서 다시 그애 머리를 잡아당기려고 하자, 루이제트가 손을 들어 내 얼굴에 갖다 댔다. 그때 문이 열리고 엄마들이 들어왔다.

"얘들아, 재미있게 놀고 있었니?"

우리 엄마가 묻자, 루이제트는 눈을 크게 뜨고 "네, 아줌마!"라고 대답하며 눈을 깜박거렸다.

"어쩜 애가 이렇게 깜찍할까! 정말 예쁜 아이야!"

엄마가 그애를 안아주며 말했다.

루이제트는 계속 눈꺼풀을 들었다 놨다 하느라 무진 애를 쓰고 있었다.

"루이제트한테 네 멋진 그림책들도 좀 보여주렴."

엄마가 말했다. 엄마 친구는 우리 둘 다 정말 예쁜 아이들이라고 칭찬을 했다. 엄마들은 우리만 남겨놓고 다시 방을 나갔다.

나는 벽장에서 내 책들을 꺼내서 루이제트한테 줬다. 하지만 루이제트는 쳐다보지도 않고 방바닥에 던져버렸다. 인디언들이 무더기로 나오는 아주 재미있는 책까지도 말이다.

"하나도 재미없어. 더 재미있는 거 없니?"

루이제트는 벽장 속에 들어 있는 내 멋진 비행기, 고무줄이 달린 빨간색 비행기를 빠끔히 쳐다보았다.

"만지지 마, 저건 여자애들이 가지고 노는 게 아냐. 내 거란 말야!"

내가 비행기를 빼앗으려고 하자, 루이제트가 말했다.

"난 손님이니까 네 장난감은 뭐든지 갖고 놀아도 돼. 내 말이 이해가 안 되면 우리 엄마 불러서 한번 물어보자, 누구 말이 맞나!"

난 어떻게 해야 좋을지 몰랐다. 루이제트가 내 비행기를 망가뜨리는 건 정말 싫었지만, 그애 엄마를 불러오는 건 더 싫었다. 말썽이 생길 게 뻔하기 때문이다. 어떻게 할까 잠깐 생각하고 있는데, 루이제트가 비행기 프로펠러를 빙빙 돌려 고무줄을 감더니, 창문 밖으로 휘잉 날려버렸다.

"뭐 하는 거야? 너 때문에 내 비행기 잃어버렸잖아!"

나는 울음을 터뜨렸다.

"이 바보야, 잃어버린 거 아냐. 저기 봐. 정원에 떨어졌잖아. 가서 줍기만 하면 돼."

우리는 거실로 내려갔다. 엄마한테 정원에 나가서 놀아도 되냐고 묻자, 엄마는 밖이 너무 추워서 안 된다고 했다. 루이제트가 눈을 깜박거리며 우리 엄마한테 예쁜 꽃들을 보고 싶다고 말했다. 엄마는 루이제트가 정말 깜찍한 아이라고 칭찬하면서 옷을 따뜻하게 입고 나가라고 했다. 나도 눈 깜박거리는 법을 배워야겠다. 아무래도 그게 비결인 것 같다!

정원에서 주운 내 비행기에는 다행히도 아무 이상이 없었다. 루이제트가 나한테 물었다.

"우리 뭐 하고 놀까?"

"몰라. 너 꽃 보고 싶댔잖아. 실컷 봐. 저기 무더기로 있으니까."

난 시큰둥하게 대답했다.

하지만 루이제트는 꽃들이 별로 안 예쁘다며 우리 꽃들을 무시했다. 루이제트의 코를 한 방 때려주고 싶었지만 그럴 수가 없었다. 거실 창문에서는 정원이 훤히 내다보이고, 그 안에는 우리 엄마와 루이제트의 엄마가 있기 때문이었다.

"여긴 장난감 없어. 차고에 있는 축구공말고는."

내 말에 루이제트는 눈을 반짝이며 좋은 생각이라고 말했다. 루이제트와 함께 공을 찾으러 가는 동안 난 무척 난처했다. 내가 여자애랑 노는 걸 친구들이 볼까 봐 걱정이 되었기 때문이다.

"넌 저기 나무들 사이에 서 있어."

루이제트는 이렇게 말하고 나서 저쪽 먼 곳으로 뛰어가서는, 힘차게 달려오면서 팡! 하고 있는 힘껏 공을 찼다. 멋진 슈팅이었다!

그런데 공이 그만 차고 쪽으로 날아가, 차고 창문을 산산조각내버리고 말았다. 너무 세서 내가 공을 잡지 못했던 거다.

엄마들이 정원으로 달려나왔다. 차고 창문을 본 우리 엄마는 무슨 일이 일어난 건지 금세 알아차렸다.

"니콜라! 짓궂은 장난 좀 그만 할 수 없니. 손님한테 좀 잘하렴. 루이제트처럼 얌전한 손님이 왔을 때는 더 잘해야지."

나는 루이제트를 쳐다보았다. 루이제트는 정원 저쪽에 멀찌감치 서서 베고니아꽃의

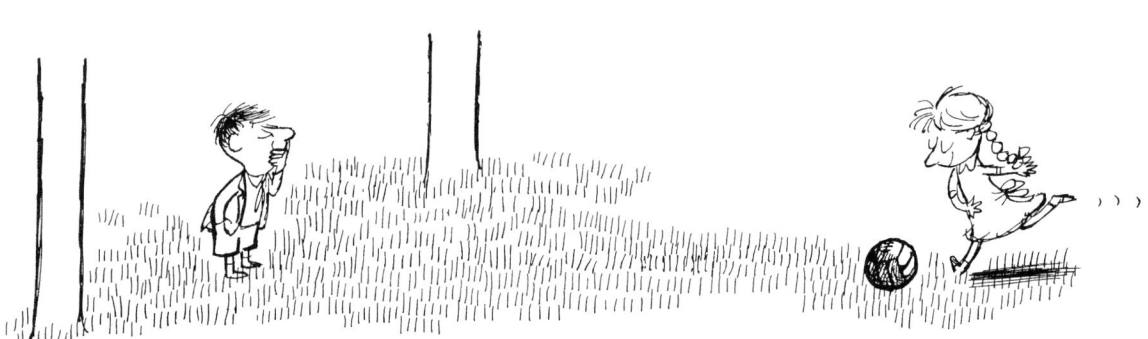

향기를 맡고 있었다.

그날 저녁, 난 별로 후식을 먹지 못했다. 하지만 상관없었다. 난 이다음에 크면 루이제트와 결혼할 거다.

루이제트의 슛은 정말 멋있었다!

장관님 환영 연습

조회가 있었다. 모두 운동장으로 나가 줄을 맞춰 서 있는데, 교장 선생님이 나왔다.

"학생 여러분, 여러분에게 한 가지 기쁜 소식을 전하게 되어 무척 기쁩니다. 장관님께서 우리 도시를 방문하시는 길에, 우리 학교도 방문하기로 하셨습니다. 우리에겐 영광스러운 일이죠. 장관님이 우리 학교 졸업생이라는 건 여러분도 아마 알고 있을 겁니다. 열심히 공부하면 훌륭한 사람이 될 수 있다는 본보기가 되는 분이지요. 나는 장관님이 우리 학교에서 영원히 잊지 못할 멋진 환영 인사를 받을 수 있을 것이라고 기대

하고 있습니다. 여러분도 선생님의 뜻을 새겨듣고 열심히 도와주리라 믿습니다."

교장 선생님은 말이 끝나기가 무섭게 클로테르와 조아생을 맨 뒷줄에 벌세웠다. 투닥거리며 싸웠기 때문이다.

교장 선생님은 선생님들을 모두 자기 주위로 불러모았다. 장관님 환영 행사를 어떻게 할지 기막히게 좋은 생각이 떠올랐다고 했다. 먼저 모두 함께 애국가를 부르고, 그 다음에는 학생 세 명이 꽃다발을 들고 앞으로 나가 장관님한테 드리자는 것이었다. 교장 선생님의 생각은 정말 멋졌다. 장관님도 꽃을 받으면 깜짝 놀라며 좋아할 거다. 꽃을 받으리라곤 상상도 못 했을 테니 말이다. 하지만 우리 담임 선생님은 걱정스런 얼굴을 하고 있었다. 왜일까 생각해봤다. 그러고 보니 요즘 선생님이 좀 예민해져 있었던 것 같다.

교장 선생님은 지금 당장 연습을 시작하자고 했다. 정말 신났다. 수업을 안 하게 되었기 때문이다. 애국가 연습 지도는 방데르블레르그 음악 선생님이 했다. 노래 실력이 엉망이긴 했지만, 그래도 우리는 목청을 높여 열심히 노래했다. 사실 우리가 선배 형들보다 좀 빠르긴 했다. 형들이 '영광의 날은 왔나니'를 부를 때, 우린 벌써 후렴인 '피로 물든 깃발은 올려졌나니'를 부르고 있었다. 뤼퓌스와 알세스트만 빼고 말이다. 가사를 모르는 뤼퓌스는 "랄랄라"만 계속하고 있었고, 알세스트는 입 속에 든 빵을 우물거리느라 노래 부를 겨를이 없었다. 방데르블레르그 선생님이 손을 휘저어 그만 하라는 신호를 했다. 선생님은 우리보다 늦게 부른 선배 형들은 내버려두고, 한 박자 앞질러간 우리만 야단쳤다. 억울했다. 어쩌면 선생님이 화를 낸 건, 눈을 꼭 감고 노래 부르느라 그만 멈추라는 선생님 신호를 보지 못하고 계속 "랄랄라" 소리만 내지르고 있던 뤼퓌스 때문이었는지도 모른다. 우리 담임 선생님이 교장 선생님과 음악 선생님한테 가서 뭐라고 얘기했다. 그러자 교장 선생님이 우리를 보며, 노래는 선배 형들만 부르고 우리는 소리는 내지 말고 노래하는 시늉만 하라고 했다. 시키는 대로 했더니 소리는 좀 작았지만 꽤 근사한 합창곡이 되었다.

"알세스트, 노래 부르는 척하면서 그렇게 얼굴까지 찡그릴 필요는 없다."

교장 선생님이 말했다.

"노래 부르는 척하느라 찡그린 게 아니에요. 빵 먹느라고 그런 거지."

알세스트의 대답에, 교장 선생님은 한숨을 내쉬었다.

"좋아요. 애국가 연습은 했으니, 이젠 세 학생이 꽃다발을 전달하는 장면을 연습해 봅시다."

선생님은 우리를 빙 둘러보더니, 외드, 우리 반 일등이자 선생님의 귀염둥이인 아냥, 그리고 나를 불러냈다.

"여학생들이 아니라서 좀 아쉽긴 아지만, 파란색 빨간색 하얀색 옷을 입히면 훨씬 훌륭해 보일 거예요. 아니면 머리에 리본을 달아주거나. 가끔 있는 일이지요."

"내 머리에 리본을 달면, 난 가만 안 있을 거야."

외드가 씩씩거렸다. 그러자 교장 선생님이 휙 돌아서서 외드를 쳐다보았다. 한쪽 눈은 동그랗고 다른 한쪽 눈은 게슴츠레했다. 한쪽 눈이 유난히 게슴츠레한 건 그 위에 달린 눈썹 때문이다.

"뭐라고 했지?"

교장 선생님이 묻자, 담임 선생님이 재빨리 대답했다.

"아무것도 아닙니다, 교장 선생님. 기침한 거예요."

"아니에요, 선생님. 저도 들었어요. 쟤가 뭐라고 했냐면요……."

고자질쟁이 아냥이었다.

"너한테 물으신 거 아냐."

담임 선생님이 재빨리 아냥의 입을 틀어막으며 말했다.

"맞아, 이 치사한 고자질쟁이. 너한테 묻지 않았어."

외드가 말했다.

"아무도 날 안 좋아해. 그래서 난 너무 슬퍼. 너희들 어디 두고 봐. 우리 아빠한테 모두 일러버릴 거야."

아냥이 엉엉 울면서 말했다.

"외드, 너 내 허락 없이는 함부로 말하지 마라."

담임 선생님이 말했다.

"얘기 다 끝나셨소? 이제 제가 하던 얘기 계속해도 될까요?"

교장 선생님이 이마의 땀을 쓰윽 닦으며 말했다.

담임 선생님 얼굴이 빨개졌다. 빨개진 선생님 얼굴은 정말 예뻤다. 거의 우리 엄마만큼이나 예뻤다. 하지만 우리집에서 얼굴이 자주 빨개지는 사람은 엄마가 아니라 오히려 아빠다.

　"좋아요. 그럼 이 세 학생이 장관님 앞으로 나가서 꽃을 드리는 걸로 하지요. 연습을 해야 되니, 꽃다발처럼 생긴 뭐가 있었으면 좋겠는데."

　교장 선생님 말에, 학생주임 부이옹 선생님이 나섰다.

　"좋은 생각이 있습니다, 교장 선생님. 잠깐만 기다려주십시오."

부이옹 선생님은 곧장 뛰어가더니 깃털 세 개를 가지고 돌아왔다. 교장 선생님이 좀 놀란 표정으로 말했다.

"좋아요. 어쨌든 연습이니까 이 정도면 괜찮을 겁니다."

부이옹 선생님은 외드와 아냥과 나에게 깃털을 하나씩 나누어주었다.

교장 선생님이 말했다.

"좋아요, 학생들. 자, 내가 장관님이라고 생각하고 앞으로 나와서 나에게 깃털을 건네주는 겁니다."

우리는 교장 선생님이 시키는 대로 앞으로 나가 선생님한테 깃털을 주었고, 교장 선생님은 깃털을 받아 품에 꼬옥 안았다.

우리가 제자리로 돌아와 서 있는데, 갑자기 교장 선생님이 벌컥 화를 내며 조프루아에게 말했다.

"거기, 너! 왜 웃는 거냐? 뭐가 그렇게 재미있지? 얘기해봐. 우리 모두 같이 웃자."

"선생님이 그러셨잖아요. 니콜라랑 외드랑 치사한 귀염둥이 아냥의 머리에 리본을 달아주자고요. 그 생각을 하니까 너무 웃겨서요!"

조프루아가 키득거리며 대답했다.

"너 코피 터지고 싶어?"

외드가 으르렁거렸다.

"그래, 한 대 때려줘."

내가 말했다. 그러자 조프루아가 갑자기 내 뺨을 찰싹 때렸다. 우리는 엉겨붙어 싸우기 시작했고 다른 친구들도 달려들었다. 아냥만 혼자서 데굴데굴 구르면서, 자기는 치사한 귀염둥이가 아니라고 울부짖고 있었다. 아무도 자기를 좋아하지 않는다면서, 아빠한테 일러서 장관님한테 다 말하게 할 거라고 했다. 참다 못한 교장 선생님이 깃털을 휘두르며 소리쳤다.

"그만 해요! 그만!"

모두들 사방팔방으로 뛰어다니고 있었고, 방데르블레르그 선생님은 일그러진 얼굴을 하고 있었다. 정말 난장판이었다.

다음날, 장관님이 우리 학교를 방문했다. 그날은 아무 문제 없이 잘 지나갔다. 하지만 우리는 장관님 얼굴을 볼 수가 없었다. 교장 선생님이 우리를 세탁장 안에 가둬놓았기 때문이다.

교장 선생님의 생각은 정말 아무도 못 따라간다!

담배

정 원에서 빈둥거리고 있는데 알세스트가 왔다.

"뭐 해?"

"아무것도 안 해."

"나하고 같이 가자. 너한테 보여줄 게 있어. 아주 재미있는 거야."

난 알세스트의 뒤를 따라갔다. 알세스트랑 같이 놀면 참 재미있다. 내가 벌써 얘기했는지 모르겠지만, 알세스트는 맨날 먹기만 하는 뚱뚱한 친구다. 하지만 오늘은 아무것도 먹고 있지 않았다. 알세스트는 손을 주머니에 넣고 걷고 있었는데, 걸어가는 동안 내내 누가 우리를 따라오지 않나 보려고 뒤를 힐끔거렸다.

"알세스트, 뭔데 그래?"

"가만 있어봐. 아직 안 돼."

길모퉁이를 돌아서자, 알세스트는 그제서야 주머니에서 큼직한 담배 한 개를 꺼냈다.

"봐라. 이거 진짜 담배야. 초콜릿이 아니라구!"

정말 초콜릿이 아니었다. 두말할 필요 없는 진짜 시가였다. 초콜릿으로 만든 담배였다면, 알세스트가 나한테 보여줬을 리가 없다. 재미있을 거라는 알세스트 말에 잔뜩 기대하고 있던 참이었는데, 시시했다.

"담배 가지고 뭐 할 건데?"

"뭐 하긴! 피워야지!"

담배 피우는 게 좋은 생각 같아 보이지는 않았다. 엄마 아빠가 좋아하지 않을 거란 생각도 들었다.

"너희 엄마 아빠가 너보고 담배 피우지 말라고 하신 적 있어?"

알세스트가 물었다. 곰곰이 생각해보니 그런 적은 없었다. 방 벽에 낙서하지 마라, 손님과 함께 식사할 때는 손님이 묻기 전에는 말하지 마라, 장난감 배 가지고 놀 때 욕조에 물을 한가득 받지 마라, 저녁 먹기 전에 과자 먹지 마라, 문 쾅 닫지 마라, 코 후

비지 마라, 욕하지 마라, 라고는 했어도 담배 피우지 말라고 한 적은 없었다. 정말 그랬다. 엄마 아빠가 나한테 담배 피우지 말라고 한 적은 단 한 번도 없었다.

"거봐, 그래도 혹시 말썽 나면 안 되니까, 어디 조용한 데로 가자."

알세스트가 말했다.

"그래. 그럼, 저기 공터로 가서 피우자."

내가 말했다. 알세스트도 좋은 생각이라고 맞장구쳤다. 우리는 울타리를 지나 공터로 들어갔다.

"참, 너 불 있어?"

알세스트가 이마를 치며 말했다.

"아니."

"그러면 어떻게 불을 붙이지?"

"길 가는 아저씨한테 달라고 하면 되잖아."

길에서 어떤 아저씨가 우리 아빠한테 그렇게 하는 걸 본 적이 있는데, 아주 재미있었다. 라이터를 켜려고 하는데 바람 때문에 잘 켜지지 않자, 아저씨가 아빠한테 담뱃불 좀 붙이자고 했고, 아빠는 피우고 있던 담배를 아저씨에게 건네주었다. 하지만 아저씨가 아빠 담배에 너무 힘을 주며 불을 붙이는 바람에 아빠와 아저씨 담배가 모두 우그러져버리고 말았다. 아저씨 얼굴도 일그러졌다.

"너 돌았어? 우리같이 어린 애들한테 담뱃불 붙여줄 아저씨가 세상에 어디 있냐?"

알세스트가 말했다.

아깝다. 우리가 가진 커다란 시가로 아저씨의 담배를 구겨버리면 참 재미있을 텐데.

"그럼, 우리 담배 가게에 가서 성냥을 사자."

내가 말했다.

"돈 있어?"

"연말에 선생님 선물 살 때 돈 걷는 것처럼, 우리도 둘이 모아서 사면 되잖아."

내 말에 알세스트가 화를 내며 말했다.

"아니야. 내가 집에서 담배를 가져왔잖아. 그러니까 성냥은 네가 사야지."

"너도 그 담배 돈 주고 산 거 아니잖아. 내가 성냥을 사야 한다는 건 말이 안 돼."

내가 대꾸했다. 하지만 결국 내가 사기로 했다. 알세스트가 담배 가게에 따라 들어가준다는 조건이었다. 혼자 들어가기는 무서웠다.

우리가 담배 가게 안으로 들어가자, 주인 아줌마가 물었다.

"귀여운 토끼들아, 뭘 찾니?"

"성냥이요."

내가 말했다.

"우리 아빠 드리려구요."

알세스트가 거들었다. 하지만 별로 도움이 안 되는 말이었다. 오히려 그 말 때문에 아줌마가 우리를 의심하는 것 같았다.

"성냥 가지고 놀면 못써요. 너희들한테는 성냥 팔고 싶지 않은데, 이 말썽꾸러기 녀석들아."

난 '말썽꾸러기'보다 '귀여운 토끼'가 더 좋았다.

우리는 난처한 얼굴로 담배 가게에서 나왔다. 어리면 담배 피우기도 힘든가 보다!

"나한테 보이 스카우트 하는 사촌형이 있거든. 보이 스카우트에서 나뭇가지 끝을 마주 비벼서 불 피우는 방법을 가르쳐주는 것 같았어. 우리도 보이 스카우트라면 그렇게 해서 담뱃불을 붙일 수 있을 텐데."

보이 스카우트에서 정말 그런 걸 가르쳐주는지는 모르겠지만, 알세스트가 하는 말은 믿을 수가 없었다. 난 보이 스카우트가 담배 피우는 걸 본 적이 없다.

"이제 담배는 지겨워졌어. 나 집에 갈래."

내가 말했다.

"그래. 나도 배고파. 밥 먹을 시간에 늦으면 안 되니까. 오늘 메뉴는 건포도 카스테라거든."

알세스트도 집에 가겠다고 했다.

바로 그때 길바닥에 성냥갑 하나가 굴러다니는 게 보였다! 우리는 재빨리 성냥갑을 집어들었다. 성냥이 딱 한 개 남아 있었다. 알세스트는 어쩔 줄을 몰랐다. 건포도 카스테라도 잊은 모양이었다. 알세스트가 건포도 카스테라를 잊었다는 건 엄청 흥분했다는 증거다! 알세스트가 소리쳤다.

"우리 빨리 공터로 가자!"

우리는 막 달렸다. 울타리 판자가 하나 빠진 틈으로 해서 공터로 들어갔다. 공터는 정말 멋진 곳이다. 우리는 이곳에 자주 놀러 온다. 여긴 뭐든지 다 있다. 풀도 있고, 진흙 구덩이도 있고, 콘크리트 덩어리, 낡은 나무 상자, 통조림 깡통, 고양이도 있다. 특히 중요한 건, 자동차가 있다는 거다! 물론 고물 자동차라서 바퀴도 없고 엔진도 없고 문짝도 떨어져나갔지만, 그 안에서 부릉부릉 소리를 내며 놀면 정말 신난다.

"우리 차 안에 들어가서 피우자."

알세스트가 말했다.

우리는 차 안으로 들어갔다. 자리에 앉는데 의자에서 이상한 소리가 났다. 할머니 집에 있는 할아버지의 낡은 의자처럼 말이다. 할머니는 그 의자를 보면 할아버지가 생각난다며 의자를 치우지 못하게 한다.

알세스트는 담배 끝을 살짝 물어뜯었다가 다시 뱉어냈다. 갱 영화에서 그렇게 하는 걸 봤다고 했다. 성냥이 딱 하나뿐이어서, 망치지 않으려고 아주 조심했다. 다행히도 무사히 불이 켜졌다. 담배 주인인 알세스트가 먼저 피우기 시작했다. 시끄럽게 뻑뻑 소리를 내며 피웠다. 연기가 많이 났다. 연기를 훅, 하고 들이마신 알세스트는 잠깐 멈칫하더니 갑자기 기침을 해댔다. 알세스트는 피우던 담배를 나한테 건네줬다. 나는 담배를 입에 물고 한껏 들이마셨다. 맛은 정말 없었다. 나도 기침이 나왔다.

"이것 봐! 코로 연기가 나와! 몰랐지?"

알세스트가 이렇게 말하고는 담배를 빼앗아 물더니 다시 코로 연기를 뿜어보려고 했다. 하지만 또 정신없이 기침을 해댔다. 내가 했을 땐 그런대로 성공이었다. 연기 때

문에 눈이 따가웠지만 정말 재미있었다.

　우리는 교대로 담배를 피우면서 공터에서 놀았다.

　"이상해. 배가 하나도 안 고파."

　알세스트가 얼굴이 파래져서 말했다. 그리고는 갑자기 "나 아파" 하면서 담배를 집어던졌다. 그러고 보니 나도 머리가 빙빙 도는 것 같았다. 울고 싶어졌다.

　"나 엄마한테 갈래."

　알세스트는 배를 움켜쥐고 집으로 갔다. 알세스트가 오늘 저녁에 건포도 카스테라를 먹기는 다 틀린 것 같았다.

　나도 집으로 돌아왔다. 하지만 어질어질한 건 마찬가지였다. 아빠는 거실에서 파이프 담배를 피우고 있었고, 엄마는 뜨개질을 하고 있었다. 엄마가 뭘 먹었냐고 걱정스럽게 물었다. 나는 연기를 먹었다고 대답했다. 하지만 담배 사건에 대해서 전부 다 설명하지는 못했다. 머리가 계속 아팠기 때문이다.

"그것 봐요, 담배는 몸에 해롭다고 내가 몇 번이나 말했어요!"

엄마는 죄 없는 아빠를 야단치고 있었다. 나의 담배 사건 이후로, 아빠는 다시는 집에서 담배를 피울 수 없게 되었다.

엄지동지와 장화 신은 고양이

"**교**장 선생님이 학교를 떠나시게 되었단다. 정년퇴직을 하시는 거야."

담임 선생님이 말했다.

선생님의 정년퇴직을 축하하기 위해 우리는 멋진 계획을 세웠다. 상장 수여식 같은 것도 하고 엄마 아빠 들도 초대할 예정이었다. 넓은 교실에 손님들이 앉을 의자도 갖다 놓고, 교장 선생님과 다른 선생님들이 앉을 소파도 가져다 놓을 생각이었다. 화환도 준비하고, 공연을 위해 단상도 꾸며놓을 계획이었다. 연극은 늘 그랬듯이 우리 학생들 몫이었다.

각 반에서 한 가지씩 준비하기로 했다. 선배 형들은 매스 게임을 하기로 했다. 인간 탑을 쌓은 후 맨 꼭대기에 있는 사람이 작은 깃발을 흔들면 모두 다같이 손뼉을 치는 것 말이다. 작년 상장 수여식 때 했는데, 굉장히 멋있었다. 깃발을 흔들기도 전에 탑이 무너지는 바람에, 공연을 좀 망치긴 했지만 말이다. 우리 바로 윗학년은 춤을 추기로 했다. 모두들 농부 옷에 나막신을 신고, 무대 위에서 똑딱똑딱 신발 소리를 내며, 둥그렇게 둘러서서 춤을 추는 거였다. 깃발을 흔드는 대신, "율—라!" 하고 외치며 손수건을 흔들기로 했다. 작년에도 했었는데, 매스 게임보다는 덜 재미있었다. 하지만 무너져내리지는 않았다. 〈프레르 자크〉노래를 부르기로 한 반도 있었다. 축사는 오래 전에 우리 학교를 졸업한 아저씨가 나와서 낭독하기로 했다. '저는 교장 선생님 덕분에 시장 비서관이 되었습니다.' 대충 그런 내용이었다.

선생님이 우리 반은 연극을 하기로 했다고 말했다. 극장이나 텔레비전에서 하는 것 같은 연극 말이다. 우리 반이 제일 멋진 걸 하게 됐다!

연극 제목은 〈엄지동자와 장화 신은 고양이〉였다. 오늘 첫 연습을 했다. 담임 선생님이 우리가 각자 맡을 역할을 말해주었다. 조프루아는 혹시나 하는 마음으로 카우보이 옷을 입고 왔다. 걔네 아빠는 엄청 부자라서 뭐든지 다 사준다. 하지만 선생님은 조프루아의 카우보이 옷을 싫어했다.

"내가 벌써 얘기했을 텐데. 네가 그렇게 변장하고 학교 오는 거 선생님은 싫다구. 그리고 우리가 할 연극에 카우보이는 안 나와."

선생님이 조프루아에게 말했다.

"카우보이가 안 나온다구요? 카우보이가 안 나오면 그게 무슨 연극이에요? 에이, 완전히 꽝이잖아요!"

결국 조프루아는 벌을 섰다.

연극 줄거리는 굉장히 복잡했다. 선생님이 차근차근 얘기해주었지만 난 잘 이해가 되지 않았다. 엄지동자가 자기 형제들을 찾다가 우연히 장화 신은 고양이를 만나는데, 카라바스 후작이 나오고 식인귀도 나온다. 식인귀는 엄지동자의 형제들을 잡아먹고 싶어 안달이 나지만, 엄지동자가 장화 신은 고양이의 도움을 받아 식인귀를 혼쭐내준다. 결국 식인귀는 착해져서 엄지동자의 형제들을 잡아먹지 않고, 모두들 행복하게 다른 걸 잡아먹는다는 얘기인 것 같았다.

"자, 엄지동자 역은 누가 하면 좋을까?"

"저요, 선생님. 제가 우리 반 일등이니까 주인공도 당연히 제가 해야죠!"

아냥이 우리 반 일등이고 선생님의 귀염둥이인 건 사실이다. 하지만 안경을 꼈기 때문에 맘놓고 때릴 수도 없는 얄미운 울보다.

"하긴 너같이 못생긴 얼굴로 엄지동자 하면 인기 폭발일 거야!"

외드가 이렇게 말하자, 아냥이 울음을 터뜨렸다. 선생님은 외드를 조프루아 옆에 나란히 벌세웠다.

"이제 식인귀를 정해야지. 누가 할까? 엄지동자를 잡아먹고 싶어하는 괴물."

선생님이 물었다.

내가 식인귀는 알세스트가 하면 좋겠다고 말했다. 맨날 먹기만 하는 뚱보 알세스트가 제격일 것 같았다. 하지만 알세스트는 아냥을 쳐다보며 고개를 저었다.

"저런 건 나도 안 먹어요!"

알세스트가 그렇게 입맛 떨어진 표정을 짓는 건 처음 봤다. 사실 아냥을 먹는다는 건, 별로 군침 도는 일이 아닐 거다. 아냥은 아무도 자기를 안 먹겠다고 하자 화를 내며 소리쳤다.

"너, 그 말 취소 안 하면 우리 엄마 아빠한테 일러서 널 학교에서 쫓아내게 할 거야!"

"조용히 해!"

선생님이 소리쳤다.

"알세스트, 넌 마을 사람들 역을 해라. 다른 친구들한테 틈틈이 대사도 일러주고."

수업 시간에 칠판 앞에 쭈뼛거리며 서 있는 친구들에게 하던 것처럼 친구들에게 살짝 답을 알려주는 역할. 알세스트도 그건 재미있게 여겨진 모양이었다. 알세스트는 부스럭거리며 주머니에서 과자 하나를 꺼내 입 속에 넣으며 대답했다.

"알았음!"

"선생님한테 말버릇이 그게 뭐니, 똑바로 대답해봐!"

선생님이 소리쳤다.

"알았음, 선생님!"

알세스트가 대답했다.

선생님은 한숨을 푹 내쉬었다. 선생님은 요즘 부쩍 피곤해 보인다.

선생님은 장화 신은 고양이로 맥상을 뽑았다. 선생님은 맥상이 멋진 옷을 입고, 칼을 차고 수염을 달고, 엉덩이에는 꼬리를 붙이게 될 거라고 말했다. 맥상은 멋진 옷과 콧수염, 특히 칼 얘기에는 엉덩이를 들썩이며 좋아했지만 꼬리는 싫다고 고개를 저었다.

"원숭이처럼 보일 거야."

맥상이 투덜거렸다.

"그래, 바로 그거야. 아주 잘 어울릴 거라구!"

조아생의 말에 약이 오른 맥상이 조아생을 걷어차자, 조아생은 맥상의 뺨을 때렸다. 선생님은 둘 다 벌을 세웠다. 선생님이 그 다음으로 선택한 사람은 바로 나였다. 싫으면 뒤에 가서 똑같이 벌을 서야 한다는 조건이 붙어 있었다. 선생님은 우리 말썽꾸러기들이 지긋지긋하다고 했다. 우리를 길러야 하는 엄마 아빠 들이 가엾다고 했고, 이렇게 계속 말썽부리면 결국 모두 감옥에 가게 될 거라고 했다. 선생님은 나중에 감옥에서 우리를 지키게 될 간수들도 불쌍하다고 했다.

식인귀는 뤼퓌스, 카라바스 후작은 클로테르로 정해졌다. 선생님은 우리에게 종이를 나누어주었다. 연극 대사가 적힌 종이들이었다. 갑자기 선생님이 한 무더기의 배우들이 뒤에서 벌을 서고 있다는 것을 깨달은 것 같았다.

"거기, 너희들은 제자리로 돌아가서 알세스트를 도와줘라. 혼자서 마을 사람들 역을 하느라 힘들 거야."

혼자서 마을 사람들 역할을 하고 싶었던 알세스트는 뿌루퉁한 얼굴로 투덜거렸다.

"알세스트, 조용히 해."

선생님이 말했다.

"자, 얘들아. 이제 시작해보자. 각자 자기 대사를 잘 읽어봐. 아냥, 너부터. 이리로 와. 넌 지금 낙담해 있는 거야. 여긴 숲속이고 넌 지금 네 형제들을 찾고 있어. 그러다가 장화 신은 고양이 니콜라를 만나는 거야. 그리고 나머지 사람들, 너희들은 다같이 이렇게 말하는 거야. '엄지동자와 장화 신은 고양이입니다!' 자, 시작!"

우리는 칠판 앞에 가서 섰다. 난 칼처럼 보이게 하려고 허리띠에 자를 꽂았다.

"나의 형들, 불쌍한 나의 형들은 어디 있는 거지?"

아냥이 대사를 읽었다.

"나의 형들, 불쌍한 나의 형들은 어디 있는 거지?"

알세스트 목소리였다.

"알세스트, 너 지금 뭐 하니?"

선생님이 물었다.

"뭐긴요, 제가 대사를 읽어주기로 했잖아요. 그래서 읽어주는 거예요!"

"선생님, 알세스트가 대사 읽어주는데 입 안에 든 과자 부스러기가 제 안경으로 자

꾸 튀어서 하나도 안 보여요. 너, 우리 아빠한테 일러줄 거야!"

아냥이 이렇게 말하더니 안경을 벗어들고 안경알을 닦았다. 알세스트가 그 틈을 이용해 아냥의 뺨을 찰싹 때렸다. 그러자 외드가 소리쳤다.

"코피를 터뜨려! 코에 한 방 먹이라구!"

얼떨결에 얻어맞은 아냥이 자기는 너무 불행하다고 울부짖었다. 다들 자기를 죽이려고 한다면서 교실 바닥을 데굴데굴 굴렀다. 아냥이야 구르든 말든 맥상과 조아생, 조프루아는 우렁찬 목소리로 마을 사람들 대사를 읽기 시작했다.

"엄지동자와 장화 신은 고양이입니다!"

난 자를 들고, 뤼퓌스는 필통을 들고 칼싸움을 하고 있었다. 연습이 착착 진행되고 있는데 갑자기 선생님이 소리쳤다.

"그만! 다들 제자리로 돌아가! 우리 축하 연극 같은 건 그만두자. 이런 연극은 절대로 교장 선생님께 보여드릴 수 없어!"

우린 모두 입을 헤 벌린 채 가만히 있었다.

이렇게 멋진 연극을 교장 선생님한테 보여주지 않겠다니, 담임 선생님이 교장 선생님한테 벌을 줄 수 있다는 말은 정말 처음 듣는 얘기다.

자전거

우리 아빠 자전거 사줄 생각을 전혀 안 한다. 천방지축으로 장난치며 자전거 묘기를 부리려다가, 자전거나 망가뜨리고 다치기 일쑤라는 거다. "조심해서 탈 테니 사주세요" 하며 떼도 써보고, 엉엉 울기도 하고, 토라지기도 해봤다. 마지막으로 집을 나가버리겠다고 아빠를 협박해서 마침내 아빠한테서 항복을 얻어냈다. 산수 시험에서 10등 안에 들면 자전거를 사주기로 한 거다.

그리고 바로 어제 나는 싱글벙글한 얼굴로 집에 돌아왔다. 드디어 산수 시험에서 10등을 했기 때문이다. 아빠가 눈을 휘둥그렇게 뜨며 외쳤다.

"바로 이거야. 그래, 바로 이거라구."

엄마는 나를 꼬옥 안아주며 아빠가 당장 자전거를 사줄 거라고 말했다. 그러면서 정말 잘했다고 칭찬해주었다. 사실은 운이 좋아서 10등을 한 거다. 다른 친구들이 감기에 걸리는 바람에, 감기에 안 걸린 열한 명만 산수 시험을 봤으니 말이다. 11등은 꼴찌대장 클로테르였다. 하지만 클로테르는 자전거가 있으니까 꼴등을 해도 아무 문제 없다.

오늘 집에 돌아와보니, 엄마 아빠가 함빡 웃음을 머금은 채 정원에서 나를 기다리고 있었다.

"우리 훌륭한 아들을 위해 깜짝 놀랄 선물을 준비했단다!"

엄마의 두 눈에 웃음이 가득했다. 아빠가 차고에서 가지고 나온 건, 상상도 못 했던 것, 바로 자전거였다! 빨간색과 은색으로 칠해진 반짝반짝 빛나는 자전거였다. 플래시도 있고 벨도 달려 있었다. 정말 멋졌다! 난 마구 뛰어가 엄마 아빠를 끌어안고 자전거도 끌어안았다.

"조심해서 타겠다고 약속해. 묘기 부릴 생각일랑 아예 말고!"

아빠가 말했다. 난 그러겠다고 약속했다. 엄마는 나를 꼭 끌어안고 다 컸구나, 하며 등을 토닥여주었다. 그리고는 후식으로 초콜릿 크림을 만들어주겠다며 집 안으로 들어갔다. 우리 엄마 아빠는 세상에서 가장 멋진 분들이다! 아빠는 나와 함께 정원에 남았다.

"내가 사이클 선수였다는 건 너도 알 겠지? 네 엄마만 안 만났어도 프로선수가 되었을 텐데."

그건 몰랐다. 아빠가 뛰어난 축구 선수, 럭비 선수, 수영 선수, 권투 선수였다는 건 알고 있었지만, 사이클 선수까지 했다는 건 처음 듣는 소리였다.

"내가 시범을 보여주지."

아빠는 내 자전거에 올라타고 정원 안을 빙빙 돌기 시작했다. 물론 자전거는 아빠한텐 너무 작았다. 아빠는 무릎을 어디다 둬야 할지 몰라 끙끙거렸다. 그래도 아빠는 무릎이 얼굴까지 올라간 엉거주춤한 자세로 그럭저럭 잘 탔다.

"이거야말로 내가 본 자네 모습 중에 가장 우스꽝스런 꼴이로군!"

담장 너머로 우리집 정원을 엿보고 있던 블레뒤르 아저씨가 말했다. 우리 옆집에 사는 블레뒤르 아저씨는 우리 아빠 약올리는 게 취미다.

"입 다물어, 자전거의 '자' 자도 모르는 주제에!"

"뭐라구? 내가 아마추어 지역 챔피언이었다는 걸 모르는 모양이군. 이 불쌍한 양반아, 내 마누라만 안 만났으면, 난 프로선수가 됐을 거라구!"

블레뒤르 아저씨 말에 아빠가 웃음을 터뜨렸다.

"자네가 프로선수를 했을 거라구? 웃기지 마. 세발 자전거도 못 타면서!"

"그럼 어디 한번 잘 보라구."

블레뒤르 아저씨가 소리쳤다.

아저씨는 담장을 훌쩍 뛰어넘더니 우리 정원 안으로 성큼성큼 들어왔다.

"자전거 이리 줘봐."

블레뒤르 아저씨가 내 자전거 손잡이를 잡고 말했지만, 아빠는 순순히 넘겨주려 하지 않았다.

"누가 자네더러 우리집에 오라고 했나? 어서 자네 집으로 돌아가!"

"아들 앞에서 망신당할까 봐 두려운 모양이지?"

"입 다물어. 자네가 그렇게 자전거를 꼭 붙들고 있으니까 팔이 아파서 그러는 거 아 닌가!"

아빠는 아저씨 손에서 자전거 손잡이를 휙 잡아빼고는 다시 정원 안을 돌기 시작했 다.

"정말 꼴사납군!"

블레뒤르 아저씨가 말했다.

"자네가 아무리 그래도 나한텐 자전거 타고 싶다는 소리로밖에 안 들려."

아빠가 말했다. 난 내 자전거 뒤를 졸졸 쫓아다니며 "나 자전거 타도 돼요?" 하고 물었다. 하지만 아빠는 내 말은 듣지도 못했다. 깔깔거리는 블레뒤르 아저씨를 쳐다보 다가 그만 베고니아 꽃밭을 뭉개버렸던 것이다.

"왜 그렇게 바보처럼 웃나?"

아빠가 기분 나쁜 얼굴로 아저씨에게 말했다.

"아빠, 이젠 내 차례예요. 나도 타고 싶다구요."

"웃기니까 웃지!" 아저씨가 대답했다.

"그 자전거는 내 거란 말예요."

"자네 바보 천치 아냐?" 아빠가 말했다.

"글쎄, 그럴까?"

"물론이지!"

아저씨는 아빠 곁으로 오더니 아빠를 확 밀어버렸다. 아빠는 자전거와 함께 베고니아 꽃밭에 나둥그러졌다.

"내 자전거!" 내가 소리쳤다.

아빠는 벌떡 일어나 블레뒤르 아저씨를 밀어 넘어뜨렸다.

"우리 이러지 말고 한번 시합을 벌여보자구!" 아저씨가 넘어지면서 말했다.

아빠와 아저씨는 싸움을 뚝 그쳤다.

"나한테 좋은 생각이 있어. 동네 한 바퀴 도는 데 누가 더 빠른지 겨뤄보는 거야. 우리 둘 중에서 누가 더 센지 보잔 말야!"

아저씨가 소리쳤다.

"문제없지, 대신 자넨 니콜라 자전거 타면 안 돼! 자네 같은 뚱보가 타면 다 망가져버린단 말야."

아빠가 대답했다.

"겁쟁이로구만!"

블레뒤르 아저씨가 말했다.

"겁쟁이라고? 내가? 그거야 두고 보면 알게 되겠지!"

아빠가 큰소리쳤다.

아빠는 자전거를 타고 길가로 나갔다. 블레뒤르 아저씨와 나는 아빠를 쫓아갔다. 난 지겨워지기 시작했다. 난 내 자전거에 앉아보지도 못했는데 말이다!

"자, 동네 한 바퀴 도는 데 걸린 시간을 재서 빠른 사람이 챔피언인 거야. 아니지, 그거야 그냥 형식일 뿐이고, 아무튼 빨리 온 사람이 이기는 거야!"

아빠가 말했다.

"자네가 지는 꼴을 보게 되어 아주 기쁘군그래!"

블레뒤르 아저씨가 아빠를 약올렸다.

"그럼 난 뭐 해요?"

내가 물었다.

아빠가 깜짝 놀라며 내 쪽을 쳐다봤다. 내가 있다는 걸 까맣게 잊고 있었다는 듯이 말이다.

"너? 그래, 넌 시간을 재면 되겠구나. 블레뒤르 아저씨가 시계를 줄 거다."

하지만 아저씨는 애들은 뭐든지 다 망가뜨린다면서 시계를 주려고 하지 않았다. 아빠는 아저씨를 구두쇠라고 놀리며 아빠 시계를 풀어서 나한테 주었다. 큰바늘이 똑딱똑딱 돌아가는 멋진 시계였다. 하지만 난 시계보다 내 자전거가 훨씬 더 좋았다.

아빠와 블레뒤르 아저씨는 제비뽑기를 했다. 첫 주자는 블레뒤르 아저씨였다. 아저씨의 뚱뚱한 몸집에 파묻혀 자전거는 거의 보이지도 않았다. 길 가던 사람들이 아저씨가 자전거 타는 모습을 보며 웃었다. 낑낑거리며 달리던 아저씨는 한쪽 길모퉁이로 사라져버렸다. 조금 후 다른 쪽 모퉁이에서 모습을 나타낸 아저씨는 시뻘게진 얼굴로 혀를 길게 빼물고 지그재그로 비틀거리며 우리 쪽으로 달려왔다. 아저씨가 우리 앞에 와서 멈추자 아빠가 나한테 물었다.

"몇 분이니, 니콜라?"

"9분 하고, 음…… 큰바늘이 5하고 6 사이에 있어요."

내가 대답했다. 아빠는 웃음을 터뜨렸다.

"이 늙다리 친구야, 그 실력으론 안 되지. 전국 자전거 달리기 대회에 나가면 완주하는 데 여섯 달은 걸리겠는걸!"

"그런 유치한 농담 그만두고 자네나 한번 잘해보시지!" 블레뒤르 아저씨는 헐떡거리며 겨우 대꾸했다.

이번에는 아빠가 내 자전거를 타고 출발했다. 아저씨는 계속 헐떡거리고 있었고, 난 시계를 보며 아빠가 어서 나타나기를 기다렸다. 나야 물론 아빠가 이기기를 원했지만, 시계는 째깍째깍 정신없이 돌아갔다. 9분이 지나고 10분이 되었는데도 아빠는 나타나지 않았다.

"내가 이겼어! 내가 챔피언이라구!"

블레뒤르 아저씨가 소리쳤다.

15분이 지났는데도 아빠는 깜깜무소식이었다.

"이상하네. 무슨 일이 일어난 거 아닌지 가봐야겠는걸."

아저씨가 말했다. 그때, 저쪽에서 아빠가 터덜터덜 걸어오는 게 보였다. 바지는 찢어져 있었고, 한 손으로는 손수건으로 콧구멍을 틀어막고, 다른 한 손으로는 자전거를 들고 있었다. 자전거는 손잡이가 옆으로 비틀리고, 바퀴는 완전히 찌그러지고, 플래시도 깨져 있었다.

"쓰레기통에 엎어졌어." 아빠가 말했다.

다음날, 쉬는 시간에 나는 클로테르에게 전날 있었던 일들을 빠짐없이 이야기해주

었다. 클로테르는 자기가 처음 자전거 샀을 때도 똑같은 일이 있었다고 했다. 클로테르가 나한테 살짝 귀띔해주었다.

　"어쩌겠어, 아빠들이란 다 그런 걸. 매일 말썽만 피운다니까. 우리가 조심하지 않으면, 아빠들은 자전거나 망가뜨려놓고 다치기 일쑤라구."

배탈

어제는 내가 기분이 무척 좋았던 모양이다. 캐러멜, 사탕, 과자, 감자 튀김, 아이스크림을 왕창 먹어댄 걸 보면 말이다. 덕분에 밤새도록 끙끙 앓아야 했다. 왜 그랬는지는 잘 모르겠다.

아침에 의사 선생님이 왔다. 의사 선생님이 내 방에 들어오는 걸 보고 난 울음을 터뜨렸다. 의사 선생님이 친절한 분이라는 걸 알기 때문에 보통 때보다 더 크게 울었다. 의사 선생님이 내 가슴에 머리를 가져다 대면 기분이 참 좋다. 선생님의 대머리가 내 코밑에서 반짝거리는 게 재미있기 때문이다. 하지만 의사 선생님은 오랫동안 그러고 있지는 않았다. 선생님이 내 뺨을 한 대 톡 치고는 엄마한테 말했다.

"당분간 아무것도 먹이지 마시고 푹 쉬게 해주세요."

의사 선생님도 이 말 한마디만 남기고 내 방을 나갔다.

"의사 선생님이 하시는 말씀 너도 잘 들었지. 말 잘 듣고 얌전히 있어야 돼."

엄마가 말했다.

"걱정 마세요."

사실, 난 엄마를 아주 사랑하고 엄마 말도 항상 잘 듣는다. 엄마 말은 잘 듣는 게 좋다. 그렇지 않으면 말썽이 생기기 때문이다.

난 책을 펴들고 중얼중얼 읽기 시작했다. 여기저기 그림이 들어 있는 멋진 책이었다. 사냥꾼들이 우글우글한 숲속에서 길을 잃고 헤매는 꼬마 곰 이야기였다. 난 카우보이 이야기가 더 좋다. 하지만 필셰리 고모는 내 생일 때마다 꼬마 곰, 꼬마 토끼, 꼬마 고양이 등 온갖 종류의 꼬마 동물들이 나오는 책을 사다 준다. 필셰리 아줌마는 꼬마 동물들만 좋아하는 게 틀림없다.

못된 늑대가 꼬마 곰을 잡아먹으려는 대목을 막 읽으려고 하는데, 엄마가 알세스트를 데리고 방으로 들어왔다. 내 친구 알세스트는 항상 뭘 먹고 다니는 뚱보다.

"누가 왔나 보렴. 네 친구 알세스트야. 병 문안을 왔다는구나. 참 착하지?"

엄마가 말했다.

"안녕, 알세스트. 날 보러 오다니, 끝내주는데."

내가 말했다.

엄마가 '끝내준다' 같은 말은 쓰면 안 된다고 했다. 그러다가 알세스트가 옆구리에 끼고 온 상자를 보고 엄마가 물었다.

"뭘 가져온 거니?"

"초콜릿이요."

"고맙구나. 하지만 우리 니콜라한텐 주지 말아라. 아무것도 먹으면 안 되니까."

"니콜라한테 주려고 가져온 거 아니에요. 제가 먹을 거예요. 니콜라는 먹고 싶으면 사다 먹으라고 하세요. 정말이에요."

알세스트가 대답했다.

엄마는 좀 황당한 얼굴로 알세스트를 물끄러미 쳐다보더니 한숨을 푹 내쉬었다. 싸우지 말고 얌전히 놀라고 말하고 엄마는 밖으로 나갔다. 알세스트는 내 침대 옆에 앉았다. 그리고는 한마디도 하지 않고 나를 뚫어지게 쳐다보면서 초콜릿을 먹기 시작했다. 나도 너무 먹고 싶었다.

"알세스트, 나도 좀 줄래?"

"넌 아프다며?"

"아까 너한테 끝내준다고 한 말 취소야, 알세스트."

"너네 엄마가 끝내준다는 말 하지 말랬잖아."

알세스트는 이렇게 말하고는 자기 입에다 초콜릿 두 개를 한꺼번에 우겨넣었다. 우리는 엉겨붙어 싸웠다.

우리가 싸우는 소리를 듣고 엄마가 달려왔다. 기분이 안 좋은 것 같았다. 엄마는 우리를 떼어놓으며 야단을 쳤다. 알세스트에게는 어서 집으로 돌아가라고 했다. 알세스트가 가는 걸 보니 미안했다. 알세스트랑 둘이 놀면 참 재미있는데 말이다. 알세스트가 계속 함께 있었으면 했지만, 엄마를 화나게 하지 않는 게 좋을 것 같았다. 엄마가 나랑 장난칠 기분이 전혀 아닌 것 같았기 때문이다. 알세스트는 내 손을 잡고 "또 보자" 하고는 가버렸다. 난 알세스트가 참 좋다.

갑자기 엄마가 내 침대를 보고 소리를 질렀다. 알세스트랑 싸우다가 초콜릿 몇 개가 시트에 묻은 모양이었다. 내 잠옷과 머리카락에도 묻어 있었다. 엄마는 "내가 못 살아!" 하고 소리치면서 시트를 갈았다. 그리고 나를 욕실로 데려가 바디샴푸로 거품을 퐁퐁 내서 스폰지로 박박 문지른 다음, 파란색 줄무늬가 있는 깨끗한 잠옷으로 갈아입혀주었다.

"엄마 또 귀찮게 하면 안 돼."

나를 침대에 뉘어주면서 엄마가 말했다.

또 나 혼자였다. 다시 책을 펼쳐들었다. 꼬마 곰이 나오는 그 책이었다. 못된 늑대는 꼬마 곰을 잡아먹지 못했다. 사냥꾼한테 잡혀갔기 때문이다. 이번에는 사자가 꼬마 곰을 노리고 있었다. 하지만 꼬마 곰은 꿀을 먹느라 바빠서 사자를 보지 못했다. 꿀을 먹는 꼬마 곰을 보니 나도 배가 고팠다. 엄마를 부를까 생각했지만, 야단맞을 것 같았다. 엄마가 귀찮게 하지 말라고 했던 말이 생각났다. 나는 벌떡 일어나 부엌으로 갔다. 뭐 먹을 게 없나 하고 냉장고 안을 살펴보았다.

냉장고 안에는 먹을 게 잔뜩 들어 있었다. 우리집은 정말 잘 먹고사는 집인가 보다. 닭다리가 들어 있는 상자를 두 팔로 안았다. 시원했다. 크림 과자와 우유도 꺼냈다.

"니콜라!"

나는 깜짝 놀라 들고 있던 걸 그만 모두 놓쳐버리고 말았다. 엄마였다. 엄마가 부엌에 들어와 있었다. 내가 부엌에 있을 거라곤 전혀 생각지 못했나 보다. 난 무작정 울어버렸다. 그렇게 화난 엄마 얼굴은 처음 봤다.

엄마는 아무 말도 하지 않고 나를 욕실로 데려가 바디샴푸로 거품을 내서 스폰지로 깨끗하게 씻긴 후, 체크 무늬가 있는 빨간색 잠옷으로 갈아입혀주었다. 입고 있던 옷에 우유와 과자가루와 크림이 튀었기 때문이다. 엄마는 "어서 가서 자" 하며 나를 내 방으로 들여보냈다. 엄마는 부엌을 치워야 했기 때문이다.

또 침대에 누워야 했다. 하지만 책은 더이상 보고 싶지 않았다. 다들 꼬마 곰을 잡아먹지 못해 안달하는 게 보기 싫었다. 꼬마 곰 때문에 내가 자꾸 말썽을 일으키게 되는 것 같아 꼬마 곰이 지겨워졌다. 하지만 아무것도 하지 않고 멀뚱멀뚱 있으려니 심심했다.

그림을 그리기로 했다. 그림 그리는 데 필요한 것들을 찾으러 아빠 서재로 갔다. 한

쪽 구석에 놓여 있는, 반짝거리는 글씨로 아빠 이름이 새겨진 멋진 흰 종이는 별로 갖고 싶지 않았다. 야단맞을 게 뻔하기 때문이다. 그것보다는 다른 쪽 구석에 이미 뭐라고 뭐라고 낙서가 되어 있는 종이가 더 마음에 들었다. 내다 버릴 휴지인 게 분명했다. 아빠의 낡은 만년필도 집어들었다. 이렇게 하면 엄마한테 야단맞을 염려가 전혀 없다.

빨리 빨리 빨리. 나는 서둘러 내 방 침대 안으로 기어들어갔다. 그리고 멋진 그림을 그리기 시작했다. 대포를 빵빵 쏴서 하늘에 날고 있는 비행기를 폭발시키는 전함들을 그렸고, 온갖 무기들을 다 갖추고 적들에게 포를 쏘아대는 튼튼한 성들도 그렸다.

내가 너무 조용한 게 이상했는지 엄마가 불쑥 방문을 열었다. 그리고는 또다시 소리를 질렀다. 그 만년필은 잉크가 새서 아빠가 더이상 쓰지 않는 것이었다. 비행기 폭발 장면을 그리는 데는 그만이었지만, 정신없이 그리다 보니 시트와 이불 여기저기에 잉크가 묻었던 모양이었다. 엄마는 잔뜩 화가 난 얼굴이었다. 내가 그림을 그린 종이도 문제인 것 같았다. 한쪽 구석에 쓰여 있던 글씨가 아빠한텐 굉장히 중요한 것이었나 보다.

엄마는 나를 일으켜세운 다음, 또다시 나를 욕실로 데려갔다. 발꿈치 미는 돌로 빡빡 씻기고는 바디샴푸로 거품을 내서 스폰지로 다시 씻겨주었다. 그리고 아빠의 낡은 셔츠를 입혀주었다. 깨끗한 잠옷이 더이상 없었기 때문이다.

밤에 의사 선생님이 왔다. 선생님은 내 가슴에 대머리를 갖다 댔다. 그리고는 혀를 내밀어보라고 했다.

"다 나았으니 이젠 일어나도 좋다."

의사 선생님이 내 뺨을 톡톡 두드리며 말했다.

하지만 우리집에 환자가 많은 걸 보니 오늘은 정말 운이 나쁜 날인가 보다.

"어머니 안색이 더 안 좋은데요. 침대에 누워 푹 쉬고 당분간 음식은 드시지 않는 게 좋겠습니다."

의사 선생님이 엄마에게 이렇게 말했으니 말이다.

학교 빼먹은 날

오늘은 오후반이었다. 학교 가는 길에 알세스트를 만났다.

"우리 학교 가지 말자."

알세스트가 난데없이 말했다.

"안 돼. 학교 빠지는 건 정말 나쁜 짓이야. 선생님도 화내실 거야."

내가 말했다.

우리 아빠는 인생에서 성공하고, 또 내가 비행사가 되려면(엄마한텐 걱정스러운 일이겠지만) 열심히 공부해야 한다고 말했다. 거짓말하는 건 옳지 못한 일이라고 했다.

"오늘 산수 시간이 있는데도?"

알세스트가 다시 물었다.

"그래, 그럼 가지 말자."

나는 곧장 대답했다.

우리는 학교에 가지 않고 학교 반대 방향으로 정
신없이 달렸다. 알세스트는 금세 숨이 차서 나를 따라
오지 못했다. 알세스트는 맨날 먹어대는 뚱보다. 그러니
달리기를 잘할 리가 없다. 하지만 난 사십 미터 달리기 도
사다. 사십 미터는 우리 학교 운동장 길이이다.

"빨리 와, 알세스트."

"더는 못 뛰겠어."

알세스트는 푸후푸후 연거푸 숨을 내쉬더니 이내 멈춰 섰
다. 난 알세스트에게 거기에 그러고 있으면 위험하다고 말했다.
엄마 아빠한테 들키면 후식을 못 먹게 되고, 학생주임 선생님한
테 걸리면 감옥에 가게 될 거라고 말했다. 감옥에 가면 빵과 물만 먹어야 된다는 얘기
도 해주었다. 알세스트는 내 말을 듣고 힘이 생겼는지 쏜살같이 달리기 시작했다. 그
래도 나를 따라잡는 건 무리였다.

학교에서 아주 멀리 떨어진 콩파니 아저씨네 식료품점 바로 다음에서 우리는 멈춰
섰다. 콩파니 아저씨는 정말 친절한 분이다. 엄마는 콩파니 아저씨네 가게에서 딸기잼

을 사곤 한다. 끝내주게 맛있는 잼이다.

"이젠 안전할 거야."

알세스트는 이렇게 말하고는 주머니에서 과자를 꺼내더니 우물거리며 먹기 시작했다. 점심을 먹자마자 줄기차게 달리기만 해서 배가 쑥 꺼졌다고 했다.

"알세스트, 너 정말 생각 잘했다. 학교에서 산수 공부 하고 있을 애들을 생각하니까, 고소해 죽겠어!"

내가 키득거리며 말했다.

"나도 그래."

우리는 서로 마주 보며 깔깔거리고 웃었다. 한참 웃고 나서 내가 말했다.

"이제 뭐 하지?"

"글쎄, 극장에 갈까?"

정말 좋은 생각이었다. 하지만 우린 돈이 없었다. 주머니를 뒤져봤지만 가느다란 끈과 구슬, 고무줄 두 개, 그리고 알세스트 주머니에서 나온 과자 부스러기가 전부였다. 그나마 있던 과자 부스러기도 없어져버렸다. 알세스트가 다 먹어버렸기 때문이다.

"흥, 상관없어. 극장 안 가면 어때. 어쨌든 다른 애들은 우리가 엄청 부러울 거야!"

내가 말했다.

"맞아. 나도 〈보안관의 복수〉, 그 영화 별로 보고 싶지도 않았어."

알세스트가 맞장구쳤다.

"맞아. 그까짓 카우보이 영화쯤이야."

160

그래도 우리는 간판 그림이라도 보려고 극장 앞으로 갔다. 만화영화도 하고 있었다.

"우리, 광장에 가자. 종이공 가지고 놀 수도 있고 축구 연습도 할 수 있잖아."

내가 말했다.

"좋은 생각이야. 하지만 광장엔 경찰 아저씨가 있잖아. 경찰 아저씨가 우리보고 왜 학교 안 갔냐고 물으면 어떻게 해? 우릴 감옥에 끌고 갈지도 몰라. 감옥에서는 빵하고 물밖에 안 준다면서."

알세스트가 대답했다. 그리고는 먹는 얘기에 배가 고파졌는지 책가방에서 치즈 샌드위치를 꺼내 입에 물었다. 우리는 계속 길을 걸었다. 알세스트는 허겁지겁 샌드위치를 다 먹고 나서 입을 열었다.

"지금쯤 다른 애들은 학교에서 엄청 지겨워하고 있을 거야!"

"그럴 거야. 어쨌든 이제 학교 가기엔 너무 늦었어. 지금 갔다간 선생님한테 벌받는 다구."

내가 말했다.

우리는 가게 진열장을 기웃거리며 다녔다. 정육점 진열장 앞에서 알세스트가 고깃덩어리들을 가리키며 무슨 고기인지 설명해주었다. 향수 가게 진열장 앞에서는 나란히 서서 얼굴을 찡그리며 장난을 치다가 얼른 다른 곳으로 달아났다. 가게 안에 있던 사람들이 우리를 보고 놀란 표정을 지었기 때문이다. 시계 가게 진열장 너머로 시계를 봤는데, 아직 너무 이른 시간이었다.

"끝내주는데! 집에 돌아갈 시간 되려면 아직도 멀었어. 실컷 놀아도 돼."

내가 말했다.

우리는 계속 걸었다. 다리가 아프고 힘이 들었다. 알세스트가 아무도 없는 공터로 가자고 했다. 공터에 가면 땅바닥에 주저앉아 있어도 어른들한테 걸릴 염려가 없다. 공터는 정말 끝내주는 곳이다. 우린 통조림 깡통에다가 돌멩이들을 던지며 신나게 놀기 시작했다. 돌멩이 던지는 것에 싫증이 나자, 다시 땅바닥에 주저앉았다. 알세스트는 가방 안에 딱 하나 남아 있던 햄 샌드위치를 혼자서 우적우적 먹기 시작했다.

"다른 애들은 지금쯤 문제 풀고 있겠다."

알세스트가 말했다.

"아냐, 쉬는 시간일 거야."

내가 말했다.

"쳇, 넌 쉬는 시간이 재미있냐?"

알세스트가 물었다.

"칫!"

난 그만 울음을 터뜨리고 말았다. 기분이 이상했다. 단둘이 공터에서 아무것도 하지 않고 숨어 있기만 하는 건 하나도 신나지 않았다. 산수 문제 푸는 건 싫었지만, 학교에 가야 한다고 했던 내가 옳았다. 알세스트만 만나지 않았어도 지금쯤 학교에서 쉬는 시간을 보내고 있을 텐데. 구슬치기도 하고 있을 텐데. 난 구슬치기 도사인데. 헌병 놀이도 하고 도둑잡기도 할 텐데.

"너 왜 울어?"

알세스트가 물었다.

"헌병 놀이도 못 하고 도둑잡기도 못 하고, 다 너 때문이야."

내 말에 알세스트도 화가 난 것 같았다.

"내가 언제 너보고 나 따라오랬냐? 네가 같이 간다고만 안 했으면 나도 학교로 갔을 거란 말야. 나 때문이 아니라 너 때문이야!"

"아, 그러셔?"

내가 말했다. 이건 우리 아빠가 옆집 사는 블레뒤르 아저씨한테 쓰는 말투다. 블레뒤르 아저씨는 우리 아빠를 괴롭히는 낙으로 사는 아저씨다.

"아무렴, 그렇고말고."

알세스트가 대답했다. 이건 블레뒤르 아저씨가 우리 아빠한테 대답할 때 하는 말투다. 우리 아빠와 블레뒤르 아저씨처럼 우리도 싸우기 시작했다.

싸울 만큼 다 싸우고 나자, 후두둑 비가 쏟아지기 시작했다. 공터엔 비를 피할 데가 없었다. 우리는 얼른 공터에서 뛰어나왔다. 엄마는 비 맞고 다니면 안 된다고 했었고, 난 엄마의 명령을 어긴 적이 없었다. 거의.

알세스트와 나는 달려가서 시계 가게 처마 밑에서 비를 피했다. 비가 무섭게 쏟아지고 있었고, 거리엔 우리 둘뿐이었다. 정말 하나도 재미없었다. 우리는 그렇게 서서 집에 갈 시간만 기다렸다.

"왜 이렇게 얼굴이 창백하니? 몹시 지쳐 보이는데? 아프면 내일 학교 가지 마라."

집에 들어서는 나를 보고 엄마가 말했다.

"아니에요. 학교 갈 거예요."

내 대답에 엄마는 깜짝 놀란 표정을 지었다.

내일 학교에 가면 알세스트랑 둘이서 얼마나 재미있었는지 친구들한테 얘기해줘야겠다. 모두 우리를 엄청 부러워하겠지!

과학 실험

밖에 나가서 친구들하고 놀고 싶었지만 엄마가 안 된다고 했다. 엄마는 나가서 노는 게 문제가 아니라, 나랑 같이 노는 친구들이 마음에 안 든다고 했다. 매일같이 몰려 다니면서 문제만 일으키는 말썽쟁이들이라는 거다. 엄마는 내가 아냥네 집에 초대를 받았으니, 가서 착하고 예의 바른 아냥을 본받으라고 했다.

난 정말 아냥네 집에 가서 간식 먹고 싶은 마음은 눈곱만큼도 없었다. 아냥을 본받고 싶은 마음은 더더욱 없고 말이다. 우리 반 일등, 선생님의 귀염둥이인 아냥은 별로 좋은 친구가 아니다. 안경을 껴서 마음대로 때릴 수도 없다. 난 알세스트, 조프루아,

외드, 그 밖의 다른 친구들하고 수영장에 가고 싶었다. 하지만 엄마가 장난칠 기분이 아닌 것 같아 말도 못 꺼냈다. 난 정말 엄마 말을 잘 듣는 착한 아들이다. 특히 엄마 기분이 안 좋아 보일 때는 더 그렇다.

엄마는 나를 깨끗이 씻기고, 머리도 단정하게 빗겨준 다음, 파란색 옷을 입으라고 했다. 주름 잡힌 바지에 하얀색 실크 셔츠를 입고 물방울 무늬 넥타이까지 맸다. 사촌누나 엘비르의 결혼식 때도 이렇게 입었었다. 그때 난 점심을 잘못 먹어 배탈이 났었다.

"그렇게 뚱한 얼굴 하지 말고 재미있게 놀아야 돼!"

엄마와 함께 집을 나섰다. 친구들을 만날까 봐 겁이 났다. 내가 이렇게 입은 걸 보면 친구들이 놀릴 게 뻔했다!

문을 열어준 건 아냥의 엄마였다.

"아이구, 귀엽기도 하지!"

아냥 엄마가 말했다.

아줌마는 나를 안아주고 나서 아냥을 불렀다.

"아냥! 어서 나와봐라! 네 친구 니콜라가 왔다!"

아냥도 우스꽝스런 차림으로 나타났다. 비로드 반바지에, 흰 양말과 번쩍거리는 검은색 샌들을 신고 있었다. 아냥하고 나 둘 다 꼭 어릿광대 같았다.

아냥은 나를 만난 게 싫은 얼굴이었다. 악수를 하면서도 시큰둥했다.

"그럼 전 이만 가볼게요. 니콜라, 말썽부리지 말고 얌전히 놀아야 한다. 여섯시에 데리러 올게."

엄마가 말했다.

"애들 잘 놀 테니 걱정 마세요. 니콜라는 아주 얌전하잖아요."

아냥 엄마가 말했다. 우리 엄마는 불안한 얼굴로 나를 쳐다보다가 갔다.

우리는 과자를 먹었다. 초콜릿, 잼, 그리고 손가락 모양의 비스킷도 있었다. 맛있었다. 식탁 위에 팔꿈치를 댈 틈도 없이 맛있게 먹었다. 다 먹고 나자, 아냥 엄마가 아냥 방에 가서 사이좋게 놀라고 말했다.

아냥은 자기 방에 들어가기가 무섭게 나한테 경고를 했다.

"난 안경 꼈으니까, 때릴 생각은 아예 하지도 마. 그러기만 했다간 소리질러서 우리 엄마를 부를 거야. 그래서 너를 감옥에 보내버리게 할 거라구."

"너무너무 때려주고 싶긴 하지만, 안 그럴 거야. 얌전하게 있겠다고 우리 엄마랑 약속했거든."

아냥은 내 말이 마음에 든 모양이었다. 씨익 미소를 짓더니 같이 놀자고 했다. 지리책이며 과학책, 산수책 들을 무더기로 꺼내와서 같이 읽자고 했다. 산수 문제를 풀면서 시간을 보내는 건 어떻겠냐고 했다. 수도꼭지에서 욕조로 물이 콸콸 흘러들어가는 한편, 욕조 밑에서 물이 조금씩 새어나가는 경우, 흘러간 물의 양을 계산하는 끝내주는 문제들이 있다고 했다.

좋은 생각이었다. 하지만 난 진짜 욕조가 있으면 더 재미있게 놀 수 있을 것 같다고 말했다. 아냥은 안경알 너머로 나를 빠끔히 쳐다보다가 안경을 벗어들고 닦으며 곰곰이 생각하더니 자기를 따라오라고 했다.

　욕실에는 정말 커다란 욕조가 있었다.

　"저기다가 물을 가득 받아서 장난감 배를 띄우며 놀까?"

　내가 물었다.

　"그런 생각은 한 번도 해본 적 없었는데. 그거 재밌겠다."

　아냥이 대답했다.

　욕조는 금세 찰랑찰랑 넘칠 정도로 가득 찼다. 물론 구멍을 잘 막아두는 것도 잊지 않았다. 하지만 아냥은 샐쭉한 얼굴을 하고 있었다. 가지고 놀 장난감 배가 없었던 거다.

　"난 책은 많은데 장난감은 거의 없어."

　아냥이 말했다.

　내가 종이배 접는 법을 알고 있어서 참 다행이었다. 우리는 아냥의 산수책을 북북 뜯었다. 물론, 나중에 아냥이 다시 모아서 붙일 수 있게 아주 조심해서 뜯었다. 책, 나무, 동물을 아프게 하는 건 아주 나쁜 짓이기 때문이다.

　우리는 신나게 놀았다. 아냥은 물 속에다 두 손을 푹 담그고 첨벙첨벙 파도를 만들었다. 재미있었다. 하지만 아냥이 소매도 안 걷고, 손목시계도 안 풀어놓은 건 참 유감스러운 일이었다. 지난번 역사 시험에서 일등을 하고 상으로 받은 선물이라고 했다. 시계는 4시 20분에서 뚝 멈춰버렸다. 시간이 꽤 많이 흐른 것 같았지만 시계가 고장나서 몇시인지 알 수가 없었다. 종이배를 가지고 노는 것도 싫증이 났다. 사방이 물바다였다. 욕실을 엉망으로 만들 생각은 전혀 없었는데 말이다. 욕실 바닥도 온통 진흙투성이였고, 아냥 샌들도 전보다 덜 반짝거렸다.

우리는 다시 아냥 방으로 돌아왔다. 아냥이 지구본을 보여주었다. 금속으로 된 커다란 지구본이었다. 바다와 육지가 여러 가지 색깔로 알록달록하게 그려져 있었다.

"이건 세계 지리를 배우고, 또 각 나라들이 어디 있나 알아보는 데 쓰는 거야."

아냥이 잘난 척을 해가며 설명했다. 그건 나도 아는데 말이다. 지구본은 학교에도 있고, 선생님한테 설명을 들은 적도 있었다.

"여기 박힌 나사만 빼면 커다란 공이랑 똑같다."

아냥이 말했다. 지구본 가지고 놀겠다는 생각은 나만 하는 줄 알았는데 말이다. 하지만 그건 올바른 생각은 아니었다.

우리는 지구본을 던졌다 받았다 하면서 신나게 놀았다. 갑자기 아냥이 깨질지 모른다며 안경을 벗었다. 안경을 벗으면 장님이면서 말이다. 아냥은 안경을 벗은 채로 지구본을 던졌다. 자꾸 엉뚱한 곳으로 던지더니, 기어이 쨍그랑! 소리가 났다. 오스트레일리아 땅덩어리 쪽으로 거울을 깨부순 거다. 다시 안경을 끼고 무슨 일이 벌어졌는지 확인한 아냥은 울상이 되었다. 우리는 지구본을 제자리에 갖다 놓고, 쉬쉬하며 이제부터는 조심하자고 했다. 그러지 않으면 엄마들이 난리가 날지 모르기 때문이다.

뭘 하고 놀까 두리번거리는데 아냥이 입을 열었다.

"과학 공부 하라고 우리 아빠가 실험기구 세트 사주셨어."

아냥은 한껏 자랑을 늘어놓으며 실험기구들을 보여주었다. 정말 끝내주는 것들이었다. 시험관, 웃기게 생긴 둥그런 병, 갖가지 색깔의 물건들로 가득 찬 작은 플라스크들이 하나 가득 들어 있는 커다란 상자였다. 알코올 램프도 있었다.

"이것만 있으면 무슨 실험이든 할 수 있어. 공부에 도움이 되는 아주 유익한 실험 말야."

아냥이 말했다.

아냥이 시험관 속에 가루를 조금 넣고 이상한 액체를 붓기 시작했다. 그러자 액체의 색깔이 변하기 시작했다. 빨개졌다가 파래지고 다시 빨개졌다가 파래졌다. 하얀 연기도 조금 났다. 정말 끝내주게 유익한 실험이었다!

"아냥, 우리 이것보다 훨씬 더 유익한 실험을 해보자."

"그래, 좋았어!"

우리는 가장 커다란 병을 골라서, 그 안에 갖가지 가루와 가지각색의 액체들을 한데 넣고 뒤섞었다. 그런 다음, 알코올 램프에 불을 붙여 병을 가열하기 시작했다. 처음에는 그럭저럭 괜찮았다. 그런데 서서히 거품이 일기 시작하더니 시커먼 연기가 뭉게뭉게 피어올랐다. 연기는 고약한 냄새를 풍기면서 온 방 안을 시커멓게 만들어버렸다. 골치 아픈 일이었다. 거기서 실험을 멈췄어야 하는 건데, 너무 늦었다. 부글부글 끓던 병이 펑! 소리를 내며 터져버렸다.

아냥은 앞이 안 보인다며 울음을 터뜨렸다. 하지만 다행히도 큰일은 아니었다. 안경알이 새까매지는 바람에 앞이 안 보인 것뿐이었다. 아냥이 안경알을 닦는 동안, 나는 창문을 열어놓았다. 연기 때문에 콜록콜록 기침이 났다. 바닥에 깔린 양탄자에서는 물이 끓는 것 같은 이상한 소리가 났고, 부글부글 거품도 피어오르고 있었다. 벽은 온통 검댕투성이고 우리도 엉망이 되어 있었다.

아냥 엄마가 벌컥 방문을 열고 들어왔다. 잠깐 동안 아냥 엄마는 아무 말도 하지 못했다. 눈은 휘둥그레지고 입은 헤 벌린 채 말이다. 하지만 아냥 엄마는 곧 비명을 지르고는, 아냥의 안경을 벗기고 철썩 뺨을 때렸다. 그리고 우리를 씻기기 위해 나와 아냥 손을 한 쪽씩 잡고 욕실로 끌고 갔다. 하지만 아냥 엄마는 엉망진창이 되어 있는 욕실을 보고 다시 울상이 되었다. 아냥은 또 한 대 맞을까 봐 잔뜩 겁먹은 얼굴이었다. 안경을 다시 끼고는 손으로 꼭 붙잡고 있었다.

"네 엄마한테 전화해서 빨리 너를 데려가라고 해야겠다. 세상에, 이런 난리가 또 있을까. 정말 말도 안 돼!"

아냥 엄마는 목청껏 소리를 지르며 거실로 달려나갔다.

엄마가 금방 나를 데리러 왔다. 엄마를 보니 좋았다. 더이상 아냥네 집에서 놀지 않아도 되고, 특히 폭발 일보 직전인 아냥 엄마와 함께 있지 않아도 되기 때문이었다. 엄마는 집으로 돌아오는 동안 내내 입이 닳도록 잔소리를 했다.

"실험하다 그랬다니까 어쩔 수 없구나. 하지만 오늘 저녁 후식은 꿈도 꾸지 마."

사실 나쁜 짓 하려고 그랬던 건 아니니까, 꼭 우리가 잘못한 거라고 할 수는 없다. 엄마 말은 항상 옳다.

아냥하고 노는 건 정말 재미있었다. 또 놀러 가고 싶지만, 이제는 아냥 엄마가 내가 아냥하고 노는 걸 싫어할 거다.

엄마들은 도대체 뭘 원하는 걸까, 우리가 누구랑 친하게 지내야 하는지도 모르면서!

보르드나브 선생님은 해를 싫어해

보르드나브 선생님은 맑은 날씨를 싫어한다. 난 도무지 이해가 안 된다. 사실 비 오는 날이 좋을 건 없다. 물론, 비 올 때도 나가 놀 수는 있다. 물웅덩이를 첨벙거리며 다닐 수도 있고, 고개를 들고 입을 벌리고 서서 뚝뚝 떨어지는 빗방울을 받아먹을 수도 있다. 또 비 오는 날 집에 있으면 따뜻하다. 엄마가 만들어준 초콜릿 과자를 먹으면서 장난감 전기 기차를 가지고 놀 수도 있다. 하지만 학교에 있을 때 비가 오면 쉬는 시간에 재미가 없다. 선생님들이 운동장에 못 나가게 하기 때문이다. 그렇기 때문에 난 보르드나브 선생님이 이해가 안 된다. 날씨가 맑아야, 쉬는 시간에 운동장으로 우르르 몰려나가는 우리를 감시도 하고 좋을 텐데 말이다.

오늘 같은 날이 바로 그렇다. 햇빛이 쨍쨍한 맑은 날씨였다. 삼 일 내내 비가 오는 바람에 교실 안에 꼼짝 않고 있느라 온몸이 근질근질했었는데, 드디어 해가 난 거다. 그래서 오늘 쉬는 시간은 정말 신났다.

쉬는 시간이면 늘 그랬던 것처럼 우리는 줄을 서서 운동장으로 나갔다. 보르드나브 선생님이 "해산!" 하고 외치는 소리와 함께 우리는 신나게 놀기 시작했다.

"우리 경찰과 도둑 놀이 하자!"

아빠가 경찰관인 뤼퓌스가 소리쳤다.

"넌 빠져, 우린 축구 할 거야."

외드가 말했다.

뤼퓌스와 외드는 투닥거리며 싸우기 시작했다. 외드는 친구들 코피 터뜨리기를 좋아하는 엄청 힘이 센 친구다. 외드가 뤼퓌스에게 한 방 날린 것도 뤼퓌스가 친구라서 그런 거다.

뤼퓌스는 갑자기 날아온 주먹 한 방을 얻어맞고 뒤로 물러서다가, 잼 바른 샌드위치를 열심히 먹고 있던 알세스트와 부딪치고 말았다. 그 바람에 알세스트는 샌드위치를 땅바닥에 떨어뜨렸다. 알세스트는 큰 소리로 울음을 터뜨렸다. 보르드나브 선생님이 그 소리를 듣고 달려왔다. 선생님은 한창 싸우고 있던 외드와 뤼퓌스를 떼어놓고 벌을 세웠다.

"내 샌드위치는 누가 물어낼 거야?"

알세스트가 울음 섞인 목소리로 물었다.

"너도 같이 벌서고 싶어?"

보르드나브 선생님이 무서운 목소리로 말했다.

"아뇨. 전 그냥 잼 샌드위치만 있으면 돼요."

보르드나브 선생님의 얼굴이 시뻘게졌다. 화가
났을 때 항상 그렇듯이 선생님은 코로 숨을 푹푹
내쉬었다. 하지만 선생님과 알세스트의 대화는
그리 오래 가지 못했다. 맥상과 조아생이 싸움
이 붙었기 때문이다.

"내 구슬 내놔, 속임수 쓴 거 다 알아!"

조아생이 소리치며 맥상의 넥타이를 잡아당
겼다. 맥상도 지지 않고 조아생의 뺨을 찰싹찰싹
연거푸 때렸다.

"도대체 무슨 일이냐?"

보르드나브 선생님이 물었다.

"조아생이 자기 구슬 잃은 게 아까워서 저렇게 소리
지르는 거예요. 선생님만 원하시면 제가 선생님 대신 저 녀
석 코에 한 방 먹여줄 수도 있어요."

무슨 일인가 궁금해서 슬쩍 다가와 있던 외드가 말했다. 보르드

나브 선생님은 깜짝 놀란 얼굴로 외드를 쳐다보았다.

"넌 저기서 벌 서고 있던 녀석 아니냐?"

"아, 네, 맞아요."

외드는 움찔하며 다시 벌서던 자리로 되돌아갔다.

맥상은 얼굴이 새빨개져 있었다. 조아생이 그때까지도 맥상의 넥타이를 꽉 쥐고 있었던 거다. 보르드나브 선생님은 조아생과 맥상도 함께 벌을 세웠다.

"제 잼 샌드위치는요?"

알세스트가 물었다. 알세스트는 또다른 잼 샌드위치 하나를 입에 물고 있었다.

"지금 먹고 있잖아!"

보르드나브 선생님이 어이없다는 듯이 물었다.

"말도 안 돼요. 쉬는 시간마다 먹으려고 네 개를 가져온 거란 말예요. 저는 꼭 네 개를 먹고 싶다구요!"

하지만 선생님은 이런 억지 소리를 듣고도 화를 낼 수가 없었다. 축구공이 날아와 선생님 머리를 쿵! 하고 강타했기 때문이다.

"어느 놈이야?"

보르드나브 선생님이 손으로 이마를 짚으며 소리쳤다.

"니콜라예요, 선생님. 제가 봤어요!"

아냥이 말했다. 우리 반 일등, 선생님의 귀염둥이, 아무도 안 좋아하는 치사한 고자질쟁이 아냥 말이다. 하지만 아냥은 안경을 껴서 때려주고 싶다고 때릴 수도 없다.

"치사한 고자질쟁이, 안경만 아니면 한 방 먹이는 건데!"

내가 소리쳤다.

그러자 아냥은 자기가 세상에서 가장 불행하다며 울음을 터뜨리며 땅바닥을 데굴데굴 굴렀다.

보르드나브 선생님이 정말 내가 공을 던졌냐고 물었다. 난 그렇다고 대답했다. 피구를 하고 있었는데, 클로테르를 맞춘다는 게 잘못 날아간 거라고 말했다. 일부러 선생님을 맞추려고 한 게 아니니까 내 잘못이 아니라고 분명하게 대답했다.

"그런 야만인 같은 놀이를 했다고! 공은 내가 압수한다! 저기 가서 두 손 들고 서 있어!"

보르드나브 선생님이 나에게 말했다.

난 너무 억울하다고 말했다. 아냥이 옆에서 "용용 죽겠지, 쌤통이다 쌤통" 해가며 나를 약올렸다. 고소해 죽겠다는 얼굴이었다. 그러더니 아냥은 책을 집어들고 도망갔다. 아냥은 쉬는 시간에도 놀지 않는다. 맨날 책을 들고 나와서 배운 것들을 보고 또 본다. 아냥은 정말 바보다!

"제 잼 샌드위치 어떻게 할 거예요? 이건 세 개째고 이제 조금 있으면 쉬는 시간도 끝난단 말예요. 한 개가 모자란다구요. 아까 다 얘기했잖아요!"

알세스트는 계속 씩씩거리고 있었다. 보르드나브 선생님이 뭐라고 대답하려고 했다. 하지만 유감스럽게도 우리는 선생님 목소리를 들을 수가 없었다. 선생님한테서 재미있는 대답을 들을 수 있을 것 같았는데 말이다. 선생님 목소리 대신 들려온 건 아냥의 끔찍한 비명 소리였다. 아냥은 땅바닥에 엎어져서 고래고래 소리를 지르고 있었다.

"또 뭐냐?"

보르드나브 선생님이 푹, 한숨을 쉬며 물었다.

"조프루아예요! 쟤가 나를 밀었어요! 내 안경! 난 이제 죽을 거야!"

아냥이 말했다. 얼마 전에 본 영화 속 대사 같았다. 바닷속에 잠겨 떠오르지 못하는 잠수함에서 사람들만 구출되고 잠수함은 끝장나버린 영화였다.

"아니에요, 선생님. 조프루아가 그런 거 아니에요. 아냥이 그냥 저 혼자 넘어진 거예요. 쟤는 걸음마도 잘 못 한대요."

외드가 말했다.

"네가 뭔데 참견이야? 누가 너보고 끼어들래? 내가 민 거 맞아, 어쩔래?"

조프루아가 말했다.

참다 못한 보르드나브 선생님이 소리쳤다.

"외드, 넌 벌 서던 자리로 가. 조프루아, 너도 마찬가지야."

선생님은 코피를 흘리며 울고 있는 아냥을 일으켜 세워 양호실로 데려갔다. 알세스트는 샌드위치를 물어내라며 끈질기게 선생님을 쫓아갔다.

우리는 축구를 하기로 했다. 하지만 곤란한 문제가 있었다. 선배 형들이 이미 운동장을 차지하고 축구를 하고 있었던 거다. 우리는 걸핏하면 선배 형들과 싸운다. 운동장에서 두 개의 축구공과 네 개의 축구팀이 뒤죽박죽되기 때문이다. 하지만 그건 어쩔 수 없는 일이다.

"그 공 그대로 놔둬, 이 더러운 꼬맹아. 우리 거란 말야!"

어떤 형이 뤼퓌스에게 소리쳤다.

"아냐!"

뤼퓌스도 지지 않고 대들었다.

정말 아니었다. 그쪽 형들 중 하나가 우리 공으로 골을 넣었던 거다. 형이 뤼퓌스의 뺨을 때리자, 뤼퓌스는 형의 다리를 냅다 걷어찼다. 결국 선배 형들과 패싸움이 벌어 졌다. 선배 형들이 우리 뺨을 때리면 우리는 형들 다리를 걷어찼다. 싸움은 늘 이런 식 이다. 이번 싸움에는 한 사람도 빠짐없이 모두 달려들었다. 시끌벅적하게 싸움판이 한 창 달아오르고 있는데, 보르드나브 선생님의 목소리가 들렸다. 선생님은 아냥, 알세스 트와 함께 양호실에 다녀오던 참이었다.

"선생님, 쟤네들 좀 보세요. 벌 안 서고 있어요!"

아냥이 말했다.

보르드나브 선생님은 정말로 화가 난 것 같았다. 선생님은 정신없이 우리 쪽으로 달 려왔다. 그러다가 그만 알세스트의 잼 샌드위치를 밟고 미끄러지고 말았다.

"야호, 내가 이겼어요. 선생님이 내 샌드위치를 밟았으니까 선생님이 물어내요!"

알세스트는 끝까지 샌드위치 타령이었다.

보르드나브 선생님이 바지를 툭툭 털며 일어섰다. 손이 온통 잼투성이었다. 우리의 싸움은 계속되었다. 정말 끝내주게 멋진 쉬는 시간이었다. 보르드나브 선생님은 시계 를 들여다보고는 절뚝거리며 종을 치러 갔다. 쉬는 시간이 끝난 거다.

보르드나브 선생님이 우리들을 줄 세우고 있는데 부이옹 선생님이 왔다. 부이옹 선생님도 보르드나브 선생님처럼 학생주임 선생님이다. 항상 "내 눈을 봐"라고 말하는데, 그럴 때 선생님 눈을 들여다보면 부이옹 수프에 떠 있는 뿌연 기름 덩어리처럼 눈동자만 동동 떠 있다. 그래서 부이옹 선생님이라고 부르는 거다. 그 별명은 선배 형들이 지어낸 거다.

"보르드나브 선생님, 쉬는 시간에 무슨 문제라도 있었습니까?"

"늘 그렇죠. 어쩌겠습니까. 비라도 왔으면 좋겠는데. 아침에 일어나 날이 맑은 걸 보면, 아주 끔찍합니다!"

보르드나브 선생님이 대답했다.

정말 모르겠다. 보르드나브 선생님이 해가 싫다고 하는 이유 말이다. 도무지 이해가 안 된다!

가출

집을 나왔다! 거실에서 얌전하게 놀고 있는데, 엄마가 새 양탄자에다 잉크를 쏟았다며 나를 야단쳤다. 그게 다였다. 나는 울면서 "집을 나가버릴 거야. 그러면 다들 나를 보고 싶어하겠지"라고 말했다. 하지만 엄마는 눈 하나 깜짝하지 않았다.

"너 때문에 늦었잖니. 엄마 장 보러 가야 한단 말야" 하고 말하고는 나가버렸다.

나는 내 방으로 올라가 짐을 꾸렸다. 집을 나갈 때 필요할 거라 생각되는 것들을 챙겼다. 책가방을 열어놓고, 윌로지 이모가 사준 빨간색 미니 자동차와 태엽이 달린 조그만 기관차, 화물차를 넣었다. 다른 화물차는 다 망가지고 딱 하나 남은 것이었다. 나

중에 먹으려고 아껴둔 초콜릿 한 조각도 같이 넣었다. 저금통도 챙겼다. 돈이 필요할
지도 모르기 때문이다. 그리고 집을 나왔다.

　집에 엄마가 없는 게 다행이었다. 집에 있었다면 분명히 말렸을 테니까. 밖으로 나
오자마자 나는 막 뛰기 시작했다. 엄마 아빠가 많이 괴
로워할 테지. 이다음에 엄마 아빠가 할머
니처럼 늙었을 때 돌아오는 거야.
부자가 되어서, 커다란 비행기
도 사고 자동차도 사고 마음대
로 잉크를 엎질러도 되는 양
탄자도 살 거야. 다시 나를 보
게 되면 엄마 아빠가 얼마나 기뻐
할까.

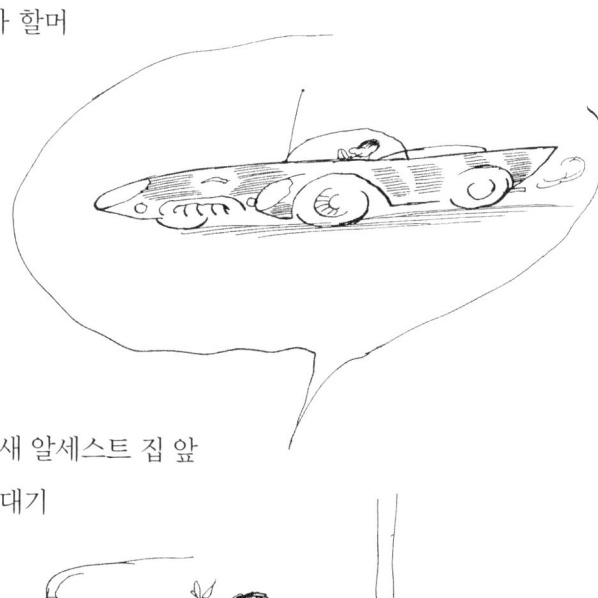

　이런 생각을 하며 뛰다 보니 어느새 알세스트 집 앞
이었다. 뚱보 알세스트는 맨날 먹어대기
만 하는 내 친구다. 이 얘기는
벌써 여러 번 했던 것 같다. 알세
스트는 현관문 앞에 앉아 향료가 든
빵을 먹고 있었다.

　"어디 가?"

알세스트가 빵을 한 입 크게 베어물면서 나한테 물었다.

"나 집 나왔어. 같이 갈래? 아주 오래오래 있다가 엄청난 부자가 되어 돌아올 거야. 비행기도 있고 자동차도 있는 부자 말야. 우리가 다시 돌아오면 우리 엄마 아빠 들이 무척 기뻐할 거야. 다시는 야단도 안 칠 거구."

하지만 알세스트는 같이 가고 싶지 않은 것 같았다.

"너 머리가 어떻게 된 거 아냐? 오늘 저녁에 우리 엄마가 소시지와 베이컨을 넣은 슈크루트(양배추 절임―옮긴이)를 만들어준댔어. 난 안 가."

"그래, 그럼 잘 있어."

알세스트는 아무것도 들지 않은 손으로 잘 가라는 손짓을 하면서, 다른 한 손으로는 입 안으로 빵을 밀어넣느라 정신이 없었다.

나는 골목길 모퉁이를 돌아서서 잠시 멈춰 섰다. 알세스트를 보니 배가 고파졌다. 그래서 초콜릿 한 조각을 꺼내 먹었다. 이걸 먹으면 힘이 날 거야. 멀리, 아주 멀리, 엄마 아빠가 나를 찾지 못할 곳으로 갈 거야. 중국, 아니면 작년에 우리 가족이 휴가를 갔던 아르카숑같이 먼 곳 말이야. 우리집에서 엄청나게 멀고, 바다도 있고 싱싱한 굴도 많은 곳이지.

하지만 멀리 떠나려면 자동차나 비행기를 사야 했다. 보도 블록 위에 앉았다. 그리고 저금통을 깨서 동전이 얼마나 들어 있는지 세어보았다. 솔직히 자동차나 비행기를 사기엔 좀 많이 부족했다. 빵집으로 들어가 초콜릿이 든 에클레르 과자를 하나 샀다. 순식간에 먹어치웠다. 정말 끝내주게 맛있는 과자였다.

난 걸어서 가기로 결심했다. 걸어서 가면 시간이 더 많이 걸리기는 하겠지만, 집에 가야 하는 것도 아니고, 학교에 가야 하는 것도 아니니까 시간은 많았다. 학교 생각은 아직 안 해봤지만, 내일 담임 선생님이 반 애들한테 어떤 말을 할지 상상이 갔다.

"불쌍한 니콜라가 혼자서 집을 나갔단다. 아무도 없이 달랑 혼자서 말야. 그것도 아주 멀리 갔단다. 니콜라는 부자가 돼서 돌아올 거야. 자동차도 사고 비행기도 사서 말이야."

모든 사람들이 나에 대해 말하며 걱정하겠지. 알세스트는 나를 따라오지 않은 걸 후회할 거야. 생각만 해도 가슴이 설렜다.

난 계속 걸었다. 그런데 점점 피곤해지기 시작했다. 걸음도 느려졌다. 솔직히 얘기하면 난 다리가 짧다. 내 친구 맥상하고는 다르다. 하지만 그렇다고 맥상한테 "네 다리 빌려줘"라고 말할 수는 없다. 그때 갑자기 좋은 생각이 떠올랐다. 친구한테 자전거를 빌려달라고 하는 거다. 나는 즉시 클로테르네 집 앞으로 갔다. 클로테르한테는 반짝반짝 빛나는 멋진 노란 자전거가 있다. 하지만 한 가지 문제가 있었다. 그건 바로 클로테르가 남한테 자기 물건 빌려주는 걸 싫어한다는 거다.

나는 클로테르네 대문 초인종을 딩동, 하고 눌렀다. 문을 열어 나온 건 클로테르였다.

"아니, 니콜라! 네가 웬일이야?"

"네 자전거 좀 빌려줘."

클로테르는 내 말이 끝나기도 전에 문을 쾅 닫아버렸다. 나는 다시 초인종을 눌렀다. 클로테르가 문을 열어주지 않아서, 딩동딩동 초인종을 계속 눌러댔다. 집 안에서 클로테르 엄마가 소리치는 게 들렸다.

"클로테르, 뭐 하니! 어서 가서 문 열어라!"

클로테르가 문을 열었다. 하지만 꼼짝도 않고 서 있는 나를 다시 보는 게 싫은 표정이었다.

"클로테르, 네 자전거가 필요해. 나 집 나왔어. 우리 엄마 아빠가 괴로워하겠지만, 난 이다음에 돌아올 거야, 아주 오래 있다가. 자동차도 있고 비행기도 있는 엄청난 부자가 돼서 말야."

클로테르는 내가 부자가 돼서 돌아와 자기를 찾으면, 그때 자기 자전거를 팔겠다고 했다. 클로테르가 무슨 말을 하는 건지 알아들을 수가 없었다. 하지만 결국 그건 나한테 돈이 있어야 한다는 얘기라는 걸 깨달았다. 돈이 있어야 클로테르의 자전거도 살 수 있는 거다. 클로테르는 돈 얘기만 나오면 눈이 반짝반짝 빛나는 애니까.

돈을 벌려면 어떻게 해야 할까 곰곰이 생각했다. 일을 해야겠지만 오늘은 안 된다. 목요일이기 때문이다.* 그 다음에 생각해낸 게, 내 가

방 속에 들어 있는 장난감들을 파는 거였다. 윌
로지 이모가 사준 미니 자동차랑, 물건을 싣
는 화물차. 이 화물차는 다 망가지고 딱 하
나 남은 거다. 길 건너편에 장난감 가게가 보
였다. 저기 가면 내 자동차와 화물차가 관심을
끌 수 있을지도 모르겠다는 생각이 들었다.

　나는 가게 안으로 들어갔다.

　"꼬마야, 뭘 찾니? 구슬? 아니면 공?"

　무척 친절해 보이는 아저씨가 나에게 활짝 미소를
지어 보이며 말했다.

　난 아저씨한테 뭘 사려고 온 게 아니라, 내 장난감들을 팔려고 온 거라고 말했다. 그
리고 책가방을 열고 자동차와 화물차를 계산대 앞에 꺼내놓았다. 친절한 아저씨는 몸
을 숙이고 내 장난감들을 내려다보았다. 아저씨는 놀란 것 같았다.

　"애, 꼬마야. 난 장난감을 사는 사람이 아니라 파는 사람이야."

　"그럼 아저씨가 파는 장난감들은 어디서 가져오는 건데요?"

　난 바로 그게 궁금했다.

　"저기, 저기, 난 말이지, 장난감을 어디서 가져오는 게 아니라 사오는 거야."

---

* 프랑스의 초등학교에서 목요일은 수업이 없는 자유학습일이다.(옮긴이)

아저씨가 더듬거리며 대답했다.

"그럼 내 장난감을 사세요."

"저기, 저기, 네가 내 말을 못 알아들은 것 같은데, 난 장난감을 사긴 하지만, 너한테는 사는 게 아니라 팔아야 하는 거야. 난 장난감 공장에서 사온단다. 그런데 너는……그러니까……."

아저씨는 또 더듬거리다가 뚝 멈춰버렸다. 그리고는 다시 말했다.

"이다음에 크면 너도 알아들을 거다."

하지만 아저씨가 한 가지 모르는 게 있었다. 이다음에 크면 나한텐 돈이 필요 없을 거라는 사실 말이다. 자동차도 있고 비행기도 있는 엄청난 부자가 되어 있을 테니까.

난 어떻게 해야 할지 몰라 울음을 터뜨렸다. 아저씨도 어쩔 줄 몰라했다. 아저씨는 계산대 뒤에서 뭔가를 뒤적뒤적 찾더니 내 손에 미니 자동차 한 대를 쥐어주었다. 그리고는 너무 늦었으니 빨리 집에 가라고 했다. 가게 문도 닫아야 하고, 나 같은 손님은 너무 피곤하다고 하면서 말이다. 난 내가 꺼내놓은 화물차와 미니 자동차 그리고 아저씨가 준 새 미니 자동차까지 집어들고 가게를 나왔다. 정말 신났다. 시간이 너무 늦었다는 아저씨의 말은 맞는 말이었다. 밖은 벌써 어두워지기 시작했고 거리에는 아무도 없었다. 나는 막 달렸다.

집에 왔더니 엄마가 왜 이제 오느냐며 야단을 쳤다.

야단맞을 줄은 알고 있었다. 내일은 꼭 집을 나가야지. 엄마랑 아빠가 많이 괴로워하겠지. 그래도 나는 오래, 아주 오래 있다가 돌아올 거다. 부자가 돼서 자동차도 사고 비행기도 사서 말이다!

신선영

고려대학교 불어불문학과를 졸업했다. 『안녕, 까미유』 『앙리에트의 못 말리는 일기장』 『나는 행복하다』 『도서관에서 생긴 일』, 그림동화 『이름 보따리』 『새 가면은 어디에 있을까』 등을 우리말로 옮겼다.

니콜라 시리즈 1권
꼬마 니콜라

1판 1쇄 1999년 11월 20일 | 1판 50쇄 2025년 9월 1일
지은이 장 자크 상페 · 르네 고시니 | 옮긴이 신선영
편집 최정수 | 마케팅 정민호 서지화 한민아 이민경 왕지경 정유진 정경주 김혜원 김예진 이서진
브랜딩 함유지 박민재 이송이 박다솔 조다현 김하연 이준희
저작권 박지영 형소진 주은수 오서영 조경은 | 제작 강신은 김동욱 이순호 | 제작처 한영문화사
펴낸곳 (주)문학동네 | 펴낸이 김소영 | 출판등록 1993년 10월 22일 제2003-000045호
주소 10881 경기도 파주시 회동길 210
전자우편 kids@munhak.com | 홈페이지 www.munhak.com | 카페 cafe.naver.com/mhdn
인스타그램 @kidsmunhak | 트위터 @kidsmunhak | 북클럽 bookclubmunhak.com
대표전화 (031)955-8888 | 팩스 (031)955-8855

ISBN 89-8281-240-7 04860 | 89-8281-239-3(세트)